KB099156

굿모닝 예스터데이

인생 에세이

Good Morning
Yesterday

오영애 지음

📖 동양북스

임정 인생 에세이

오영애의 삶·일·꿈

목 차

시작하면서

시작하면서
- 언제나 스무 살처럼

나는 중학교 2학년 때 이건걸 미술 선생님을 만난 인연으로 한국 화가의 길을 걷게 되었다. 이 선생님은 청전 이상범 동양화가의 막내 아들(넷째아들)로, 아버지를 모시고 누하동 집에 사셨으므로 종로 청진동에 살던 나는 누하동 청전 화실에 다닐 수 있는 행운을 얻게 되었다. 나의 삶에는 이렇듯 하늘이 내려주신 만남들이 있어 오늘의 내가 존재하고 있다.

1970년, 상명사대 동양학과를 졸업하자마자 발령받은 부임지가 섬 마을 영종도 전소에 있는 영종 중학교. 지금은 다리가 놓였고 인천공항이 생겨 교통이 편하지만, 당시는 서울 집에서 영종도를 가려면 세 시간의 장거리 여행이었다. 종로 종각에서 삼화고속버스를 타고 동인천, 그리고 만석동에서 배를 타고 40분을 파도에 맡긴 후 다시 버스로 30여 분을 달려야 도착하는 멀고 먼 오지 섬이었다.

그럼에도 부모님은 물론 나 역시 그 섬마을에서 어떻게 사느냐는 갈등 없이 그곳으로 갔다. 나는 영종중학교 미술 교사로 발령받았지만, 음악 선생을 겸해 풍금을 치면서 노래도 가르쳤다.

부모 곁을 떠나 스스로의 삶을 개척하는 스무 살의 빛나던 시절을 영종에서 출발했고 가장 중요한 결혼의 인연도 그곳에서 이루어졌다.

친정어머니는 불심 깊으신 불자셨는데, 어느 스님이 '영종'은 아주 큰 이름이라 하셨다는 말씀을 하셨다. 그래서 하나밖에 없는 내 남동생 이름을 영종이라 지었는지는 확실하지 않지만, 그 스님 말씀이 맞는 것이, 영종도가 세계적 인천공항을 품게 된 것만 보아도 큰 이름은 틀림없는 듯하다.

새로운 삶을 이름이 큰 '영종'의 교정 안에서 출발해서일까? 이후의 내 삶은 나의 능력보다 더 큰 역량과 성과를 내며 살았다는 생각도 든다.

나는 태어나면서부터 대가족 속에서 눈만 뜨면 삼촌, 이모, 고모를 입에 달고 살았다. 그래서인지 9남매의 장남이라는 남편의 조건이 결혼하는 데 아무런 방해가 되지 않았다. 그 속에서 나는 그림을 그리고, 제자를 가르치고, 아들과 딸을 낳아 기르면서 열두 번의 개인전과 200번의 그룹전에 참여했으니 참 부지런히 살았다.

영종에서 시작된 교사 생활을 인천에서 38년을 이어오면서 정년을 맞았으며 화가라는 천직을 함께할 수 있었음은 그저 감사할 뿐이다.

되돌아보니 화가로서도 그림을 꾸준히 그리면서 한편으로 선후배, 동인들과 교류하면서 여성 작가들의 위상을 위해 일한 것은 보람이고, 특히 인천 여성 작가회를 만들어 활발하게 활동하는 일은 긍지가 되어준다.

또한, 2012년 대한민국미술대전 구상 부분 한국화 심사위원장을 맡게 된 일은 큰 보람이며 영예로운 일이었다.

나는 대만에서의 초대전(1992)으로 해외에 나가게 되면서 이후 스케치 여행을 많이 했다.

동료 화가들과의 여행이 으뜸이고 여학교 친구들, 그리고 남편하고도 열 번 이상 동행을 했고, 시아버님이 잠시 계셨다는 후쿠오카를 비롯해 일본에 아버님을 모시고 세 번 다녀왔다. 한 번은 시동생과 해연 시누이와 함께 다녀온 일은 지금 생각해도 잘한 일이다.

교사라는 직업의 좋은 점은 여러 가지지만 특히 으뜸은 방학이 있다는 것이다. 나는 방학이면 국내든 국외든 스케치 여행을 떠나 충전의 시간을 가졌고 정년을 하고는 더욱 많이 떠났는데, 해외 여행 횟수가 궁금해 출입국사무소에 알아보니 '오영애 출국 140번'으로 나왔다.

내 삶에 브레이크가 걸린 것은 2019년 6월, 남편이 다시는 돌아올 수 없는 여행을 떠나고서이다. 남편의 빈자리로 하루 4시간을 자면서 바삐 살았던 나에게 '일단정지' 빨강 신호등이 켜졌다.

아들은 든든하고 딸은 시간이 갈수록 친구가 되어준다.

특히 딸은 혼자가 된 나에게 마음을 써주었고, 나도 모르게 나는 딸을 의지하는 엄마가 되었다. 유경이는 아빠를 잃은 후 특별한 일이 없는 한 수요일마다 나에게 왔다.

그 애는 일주일의 중간인 수요일을 바삐 보내면 지루하지 않게 한 주일을 보낼 수 있다는 생각을 해서인지 작품 활동과 집안 살림, 특히 아들 키우기로 엄청 바쁜데도 수요일은 나와 즐겁게 놀아주었다.

그런 딸이 암이라고 했다.

나는 아무 일도 할 수 없었다.

딸은 수술을 하고 항암 치료를 하면서 다시 수요일에 나에게 왔다.

그러던 어느 날, 유경이가 말했다.

"엄마, 구십 대인 딸 앞에서 칠십 대 엄마가 그렇게 나약하면 쓰겠어!?"

나는 놀란 얼굴로 유경을 보았다. 딸이 그렇게 말하는 이유를 알 수 없어서였다.

그러자 유경이 말했다.

사람이 암으로 수술을 하고 항암 치료를 받고 전이 재발 예방을 위해 매일 호르몬 억제제를 먹으면 몸이 자기 나이의 두 배로 늙는다는 것이다. 그래서 마흔일곱인 자기 몸은 아흔네 살이 되었고 그럼에도 이렇게 씩씩하고 열정적으로 일하는데 칠십육 세인 모친께서 그러면 되겠느냐는 것이었다.

한국화를 그리는 내가 정적이라면, 조소를 전공하고 설치미술 등 실험적 작품을 하는 딸은 동적인데, 삶에서도 그 모습이 드러난다. 아마도 그건 타고난 성품이기도 할 것이다.

나는 어느 때부터인지 같은 여자로서 딸을 부러워하면서 존중하게 되었는데, 그건 그 애가 스스로 선택하고 해결하는 모습에서 나를 놀라게 했기 때문이다. 나는 유경이가 즐겁게 놀이하는 모습으로 자기 삶을 꾸려나가는 일이 신기하고 부러웠다.

유경의 병에 대한 자세는 주변의 불안을 씻어주었다. 그 애는 일단 자기 인스타그램에 자신의 상황을 알리고, 설치미술가답게 자기만의 그림으로 병 상태를 알렸다. 그 후의 투병 이야기는 재밌고 익살스러워 명랑 쾌활한 만화를 보는 듯해 유경은 꽤 인기가 높은 블로그 주인공이 되었다.

인스타그램 랄랄라 유경(lalala ukyoung)을 치면 자신의 암 투병 이야기가 재밌는 그림과 글로 표현되어 있는데, 그 글이 인기가 높아 《괜찮아, 괜찮아, 괜찮아》라는 책으로 엮어 나왔다.

"…너희들도 걸릴 수 있는 거니까 먼저 걸린 내가 잘 이야기해 줄게."

이런 식으로 그림과 글로 자신의 투병 이야기를 유쾌하게 들려주는데, 투병하는 사람들에게 용기와 도움이 되는 체험 글이 가득하다.

유경은 아프기 전만큼 아니, 더 활발하게 작가 활동을 하고 있다.

이대 대학원 졸업 때 과 친구 다섯 명이 만든 "프로젝트 그룹 옆 프로젝트"에서 그들은 졸업작품으로 학교 화장실에 그림을 그려 전시해 화제가 된 이후 새로운 실험정신을 곁들인 작품을 하고 있다. 최근에는 "푸릇푸릇 프렌즈와 비밀연구소"의 한 멤버로 왕성한 작품 활동을 해오고 있다.

전시장, 백화점, 거리, 지하철 내에서 한 설치미술 작품은 화제가 되었고 사람들에게 즐거움을 준다.

"그래?…좋아! 구십사 세 딸아, 딸보다 젊은 엄마가 어떻게 하면 좋겠니?"

"…난 엄마가 오십 년도 더 지난 영종중학교 제자를 지금도 만나는 게 참 멋있어. 섬마을 여선생만이 경험했던 그 옛날이야기…. 나는 지금도 새빨간 바지를 입고 시아버지의 오토바이 뒤에 타고 양반 동네 진천을 누볐다는 스무 살 나의 엄마를 그려보고 싶걸랑요…. 후후….엄마 친구들, 동료들, 지나갔지만 우리 집 식구들은 물론 도우미 언니들의 얘기도 좀 재밌어? 엄마만이 경험한 사람 냄새 풀풀 나는 이야기를 적어보면 참 재밌을 것 같아. 엄만 사람 부자잖아?"

"……."

"엄마가 디지털이면 블로그를 만들어 살아온 얘기를 써보라고 하겠지만…, 엄만 한국화가답게 아날로그니까… 또 고전적인 게 어울리니까… 인생 정리한다 생각하시고 엄마만의 특별했던 얘기를 들려주는 거야."

"앤… 그림이라면 모르지만 내가 글을 어떻게…"

나는 고개를 저었다.

그러자 유경이는

"…엄마는 전쟁을 겪고 근현대사 속에서 살았잖아? 진천 시댁에서의 이야기는 전설 같다니까…. 영종도 얘기만 해도 엄청 재밌거든…. 그런 이야기를 속삭이듯이 그냥 편하게 쓰셔용…."

나는 고개를 갸우뚱하면서 생각해보겠다고 했다.

그렇게 시간이 흘렀고 어느 날, 문득 글을 쓰고 싶다는 생각이 들었다.

이런 딸의 권유가 내 삶을 돌아보는 계기가 되어 이 책이 세상에 나오게 되었다.

제 1 장

스무 살의 연가

1. 52년 만의 해후

2022년 8월 19일, 금요일, 12시.

인천 차이나타운에 있는 만다복 음식점이 가까워지자 가슴이 설레었다.

이렇게 가슴이 설렌 적이 까마득한데, 불현듯 아마도 첫 부임지 영종중학교로 출근하는 첫날 아침이 이렇게 두근댔을 것이란 생각이 든 것은 내가 만나러 가는 주인공들 때문일 것이다.

나는 오늘 52년 만에 영종중학교 제자들을 만나러 가고 있다.

"선생님, 다들 와 있다고 하네요."

집에 와서 나를 픽업해준 김양래가 운전석에서 내려 차 문을 열어주면서 말했다.

2층 예약된 방에 다다르자 나를 기다리던 제자들이 일어나 "선생니임…" 하면서 합창으로 말하자 콧등이 찡해졌다.

아는 얼굴도 있고 아련하게 기억나는 얼굴도 있는데 인사를 나누고 이름을 듣자 그들의 예전 얼굴이 대부분 떠올랐다.

김양래를 비롯해 계재덕, 강광석, 신현승, 전영순 등은 영종도를 떠난 후 인천 학교에 재직했을 때, 그리고 그 후에도 만났으나 그 외에 헤어진 후 처음 만나는 제자들인 김경근, 김정수, 정성길, 조영옥, 장진희, 김정애도 이내 며칠 전 헤어졌다가 만난 듯 거리감이 사라졌다.

계재덕은 나와 인연이 깊다.

그는 3년 내내 장학생으로 공부한 수재로, 그즈음 생긴 영종도의 영종상고에 진학하려는 것을 내가 간곡히 말렸다. 그러고는 당시 선인재단(백선엽 장군이 설립)의 선인고등학교에 진학할 것을 권해 그곳을 나오고 인하대를 졸업, 그 후 공무원이 되어 인천 중구 부구청장으로 정년을 맞이해 나와는 계속 만나는 사제지간이며, 이제는 인생 동반자가 된 사이로 이번 모임도 계재덕이 주축이 되어 모이게 되었다.

강광석 역시 공무원이 되어 계재덕과 함께 중구청에서 과장으로 정년을 맞이했는데, 요즘 그가 운영하는 블로그 "강가에 빛나는 돌"은 인기가 많다. 강광석이라는 자신의 이름을 풀어 지은 강가에 빛나는 돌은 주변 이야기를 아기자기하게 올려 화제가 되기도 한다니, 나 자신이 자랑스러워지기도 한다.

신현승(영종세계문화회장, 인천 홍보대사)은 여전히 그 뛰어난 기억력으로 주변을 이끌어나가고 있는데, 말이 너무 많다는 결점은 익살스러운 화술로 용서를 받으면서 인기를 누리고 있다.

김양래(남산중기공업사 대표)의 기술은 세계적이다. 그는 중장기 기사로 출발해 지금은 중장비를 고치는 회사를 운영하고 있다. 그의 기술은 가히 독보적이어서 해외로 출장을 다니기도 한다. 호주, 이란 등 우리 기술자가 있는 곳에 출장을 가 고치는데, 얼마 전에는 슬로바키아에 가 그곳 기술자가 고치지 못해 쩔쩔매던 포크레인을 고치고 왔다고 한다. 나는 그의 성실함과 뛰어난 기술을 그 옛날 알아보았으며, 그런 이유로 자신 있게 중매를 했다.

진천 시댁에 말씀을 드려 참한 아가씨를 소개받아 김양래에게 추천했는데, 둘은 천생연분인지 얼마 되지 않아 결혼했다. 그리고 아들 둘을 낳았고 남편 일을 도와 함께 일해 지금은 남산중기공업사를 같이 운영하고 있으니 나의 첫 번째 중매는 대성공이다.

나는 전영순과는 세월이 많이 흐른 후에 사제지간의 정을 누리게 되었다. 전영순은 4남 1녀 고명딸인데, 눈동자가 빛나는 예쁜 학생이었다. 그러나 가방, 옷차림은 새것이 아니어선지 초라하다는 느낌이 들었다.

나중에 알고 보니 남아선호사상이 뚜렷해, 딸은 중학교만 보내고 집안일을 해야 한다는 생각이어서 제대로 건사해 주지 않았던 것이다.

영순은 학교 다닐 때도 집안일 하느라 숙제할 틈이 없었다고 했다. 영순은 인천에서 공부하는 오빠 학비와 생활비를 대기 위해 애쓰시는 엄마를 도와 거의 매일 큰 양동이에 가득한 감자를 깎고, 야채를 팔러 배 시간에 맞춰 만석동 부두에 가야 했다고 후에 고백하여 내 눈시울을 뜨겁게 했다. 그러나 그렇게 아들 뒷바라지를 했던 영순의 부모는 아들 덕을 보지 못했다. 아버지가 일찍 돌아가시고 어머니가 연로해지면서 영순은 어머니를 모셨다.

"영순아, 네가 없었다면 내가 어찌 살았을까.. 미안하구나.."

어머니는 90이 넘어서야 아들만 애지중지한 자신을 후회하셨다고 했다.

나는 영순이가 그렇게 고생하는 줄 몰랐던 영종 때의 일이 미안해졌고 인천으로 시집와서 꽃배달을 하면서 성공한 제자가 기특하고 자랑스럽기도 해서, 꽃이 필요하면 영순에게 부탁했으므로 영순과는 만남을 유지하면서 지금까지 이어오고 있었다.

몇 년 전인가, 나는 백 세를 앞두신 영순의 어머니를 식사에 모시게 되었다.

"어머니, 딸이 좋죠?"

"딸한테 고생만 시켰는데, 이렇게 딸의 효도를 받을 줄이야..... "

어머니는 그렇게 말씀하시면서 눈물을 훔치시는 듯했다.

그 어머니가 백 세 되던 해에 돌아가시고 영순은 장례식에도 오지 않은 오빠, 남동생을 원망하지 않고 장례를 잘 치러드렸다.

부모한테 잘하면 복을 받는다는 말이 영순에게는 딱 들어맞는다. 꽃집이 잘 되는 것은 물론 그녀의 딸 호경윤이 장학생으로 미대 큐레이터과를 다니는 것이다. 그렇게 입지전적인 전영순이 꽃다발을 안겨주자 이어 석바위 떡집을 하는 김금숙이

"하나는 선생님 거구요, 하나는 우리가 먹을 거에요."

하면서 떡 보따리 두 개를 쳐들자 우리는 다시 더욱 화기애애해졌다.

연수동에서 헤어 디자이너로 일한다는 조영옥, 장진희, 김정애, 정성길, 김경근, 김정수 등 열 명이 커다란 원탁 테이블에 앉아 떠드니 세월의 주름이 사라지고 어느덧 그 옛날 영종 중학교 교실로 되돌아갔다.

그러나 52년의 흔적을 어쩌랴. 나는 칠십 대 후반, 그들은 나보다 열 살 아래로 육십 대 후반이 되었으니 정말 "같이 늙어간다"는 말이 실감되었다.

"…그땐 내가 이십 대고 너희들이 열네 살이어서 선생, 제자가 분명했는데, 지금은 같이 늙어가니 반말하기도 그러네…"

그리고 보니 우리들은 열 살 차이가 나는 인생 동반자들이고 사회에서 위아래로 열 살은 서로 친구 할 수도 있다는데 그렇다면 친구도 가능하지 않을까 하는 생각도 들었다.

52년 만에 만난 영종중학교 제자들 | 김양래를 비롯해 계재덕, 강광석, 신현승, 전영순, 김경근, 김정수, 정성길, 조영옥, 장진희, 김정애

"한번 제자는 영원한 제자! 스승님은 영원한 스승님입니다. 반말 용서해 드립니다."

신현승의 말에 모두들 웃으면서 축배의 술잔을 높이 들었고, 이어지는 현승의 축배사가 너무 길긴 했지만 우리는 어느새 전기도 들어오지 않던 섬마을 영종 그 시절로 돌아갔다.

"선생님, 제가 딸 셋을 두었는데 두 딸도 선생님 제자예요."

나는 엄마에 이어 두 딸까지 나의 제자였다는 인연에 놀랐다.

"굉장한 인연이구나. 세 모녀가 내 제자라니!"

그 말에 모두들 박수를 쳤다.

"둘째 수민이가 인천여고 시절 제자고요, 지원이는 인화여고 제자예요."

"와아아, 오늘 함께했으면 세상에 이런 일이 방송에 연락했을 텐데…."

현승의 말에 웃음소리가 메아리치면서 다시 박수가 나왔다.

"언제 보자고. 내가 너희 세 모녀를 근사한 데로 모실께용!"

"네, 선생님."

나는 장진희 제자의 일이 교사 생활 38년의 빛나는 졸업장이라는 생각이 들었다.

영종의 나의 첫 제자들!

그동안 헤아릴 수 없는 많은 제자를 만났지만 유난히 생각나는 영종도 섬마을 제자들.

첫사랑이어서 더욱 애착이 가는 것인지 모르겠다.

2. 영종도 나들이

1970년 4월 말 일요일.

서울의 우리 식구들은 내가 근무하는 섬마을을 보기 위해 길을 나섰다.

아빠, 엄마, 큰이모, 고모, 삼촌을 비롯해 서울 식구 예닐곱 명이 내가 사는 곳이 어떤 곳인가를 보기 위해 단체 소풍에 나선 것이다.

"우리가 영애 덕에 배를 타보네."

이모인지 고모인지가 말하자.

"그렇구나. 우리 집 귀한 고명딸이 이런 섬에서 선생을 할지 누가 알았누?"

"언니, 걱정 말아요. 영애는 심지가 굳어 사막에 갔다 놔도 잘 살 테니 염려는 붙들어 매세요."

이모의 말에

"그렇긴 하지."

"얜 어렸을 때도 오밤중에 집에 들어왔다니까."

"그래서 할머니가 영애를 거리 사당이라 별명 짓지 않았니?"

"엄마, 그 말이 무슨 뜻이죠?"

"사당에 매일 인사드리잖아? 네가 매일 나가니까 할머니가 거리에 인사하러 또 나갔다 해서 그렇게 별명을 지은 거지."

엄마의 해석에 모두들 웃었다.

"영애야, 너 청진동에서 누하동 화실을 걸어 다녔지?"

"영애는 많이 걸어 다녀서 다리는 튼튼할 거다."

"얘가 마음도 튼튼하니까 오지 섬에 간다고 하지, 나약했으면 등 떠밀어도 안 갈 텐데. 고생 사서 하는 거야."

"젊어 고생은 사서도 한다잖아? 언니, 걱정 마세요."

"난 애 걱정은 안 한다. 하지만 다 큰 처녀가 혼자 내려와 있는 게 좀 그렇지…."

"엄마, 걱정하지 마시고 오늘 구경이나 잘 하세요."

우리 집 식구들은 그렇게 떠들면서 버스를 타고 배를 타고 영종도 섬마을에 도착했다.

영종도에 도착하자 나는 식구들이 편하게 영종도를 둘러볼 수 있도록 경운기를 빌렸다. 운남리를 출발해 전소, 운서리, 운북리를 돌 때 바닷가 갯벌의 독특한 풍광이 펼쳐졌다.

나는 가족들에게 영종도에 와서 자연이 아름다운 것을 새삼 깨달았다고 말하자

"동양화는 자연을 많이 봐야 하는데, 이제부터 영애는 열심히 그림을 그리면 되겠구나.."

아버지의 말씀에 모두들 고개를 끄떡이면서 잘된 일이라고 말해주었다.

"처음엔 오지 섬이라 겁이 나기도 했지만 차츰 이곳이 마음에 들어요."

"잘됐네."

엄마도 안심이 된다는 말을 했다.

내가 영종도에 도착한 것은 초봄이었다.

멀리 산자락에는 아직도 잔설이 남아 있는 겨울과 봄의 문턱이었다. 그런 땅에서 싹이 돋아나기 시작했다.

"아직도 땅이 녹지 않았는데 어떻게 이렇게 연약한 싹이 나왔지?"

언 땅을 뚫고 나온 연초록 새싹의 모습에 저절로 감탄이 터져 나왔다. 예전에도 새싹을 보았을 텐데 예전에는 그렇게 감탄하는 마음으로 와닿지는 않았었다.

나의 스승이신 청전 이상범 선생님의 그림에는 자연의 생명력, 순환이 있고 나는 그분의 화풍을 본받아야 하는 제자다. 그러기 위해서는 청전처럼 자연의 숨결과 생명력을 느낄 수 있어야 할 것이다.

내가 한국화가로 커나가기 위해서 영종은 훌륭한 자양분이 될 것이라는 아버지의 말씀에 숙연해지기도 했다.

나무, 숲, 산, 바다, 바람, 햇볕 등등..

나는 영종의 자연이 처음부터 좋았다.

"영애야, 호롱불로 그림을 그리는 게 어려울 텐데…, 발전기를 돌려야 하지 않겠느냐?"

삼촌과 같이 전파사를 하는 아버지가 발전기 이야기를 하셨다.

"네, 경운기 발전기로 전기를 쓰는 집이 있어요."

"그러면 그런 집으로 하숙을 옮기는 게 좋겠구나."

"네, 그렇게 해볼게요."

당시 내 월급은 5만 원. 그런데 하숙비는 3만 원. 전기가 들어오는 집은 하숙비가 좀 더 비쌀지도 몰랐다.

그리고 밤새도록 불을 쓰도록 허락하지 않을 것이었다.

당시 영종도는 전기가 들어오지 않아 밤에는 대부분 자거나 혹 깨어 있을 때는 호롱불을 썼다.

나는 그림을 그릴 때는 촛불을 썼다.

한 개, 두 개, 세 개, 네 개… 모두 여덟 개의 촛불을 켜니 그림을 그리는 게 편해졌다. 그 당시 나의 용돈은 초를 사는데 거의 다 들어갔다고 해도 틀린 말은 아니다.

서울 식구들은 전기가 없는 영종도 섬이 옛날처럼 촌스럽다는 선입관을 가져서인지 한 바퀴를 돌고 나서 하시는 말씀,

"영애야, 영종 섬은 아직도 6·25 때 모습이구나…."

"맞아, 맞아. 딱 그때네."

이몬지 고몬지가 맞장구를 치는 바람에 우리는 영종도를 둘러본 소감은 밀쳐둔 채 6·25 동란 시절의 이야기로 돌아갔다.

"말도 말아 내가 그때 생각을 하면 지금도 아찔하단다."

엄마의 말에 나는 필동에 살던 네 살 때의 그 일이 떠올랐다.

전쟁이 난 후 미군이 서울을 탈환하자 우리 동네에는 색다른 광경이 펼쳐졌었다.

미군 지프가 보일 때,

"기브 미 초콜렛!?"

하고 아이들이 쪼르르 차 꽁무니를 따라가면 미군은 초콜렛을 던져주었다.

처음 먹어보던 그 달콤함 때문에 아이들은 미군 차를 기다렸고 나역시 마찬가지였다. 아이들은 차가 다니는 길로 나가 미군 차를 기다렸다. 그러다가 나타나면 가까이 달려가 "초콜렛 기브미" "기브 미 초콜렛"을 외쳤다.

나는 내가 태어나서 최초로 배운 영어가 무슨 뜻인지도 모르는 채 "기브 미 초콜렛"을 소리친 것이다.

달콤한 초콜렛은 입에 들어가면 사르르 녹아버렸으므로 아이들은 그 맛을 더 느끼려고 입맛을 다시고 또 다셨다.

그러던 어느 날이었다.

차에 있던 미군이 한 개를 던져주면서 가까이 오라는 손짓을 했다. 나는 더 준다는 신호로 알고 가까이 다가가니 그 미군이 나를 번쩍 안아 차에 태우는 바람에 나는 그 차를 타고 가게 되었다. 아이들이 내가 차에 태워졌다는 사실을 엄마에게 알리자 엄마는,

"영애야, 아…, 영애야!"

하며 차 꽁무니를 향해 냅다 달리면서 소리를 치는 통에 나를 안고 있던 미군이 나를 내려주었다.

"후후.. 지금 생각하니 아찔하네. 그때 내가 그 차를 타고 갔으면 어떻게 되었을까?"

"어떻게 되긴 뭐가 어떻게 돼. 미군 딸년 돼서 초콜렛이 다 빠지도록 먹었겠지?"

이몬지 고몬지가 말하자 엄마는 그때 하나밖에 없는 딸 잃어버리는 줄 알았다면서 자신이 그렇게 잘 달릴 줄 몰랐다며 웃으셨다.

"엄마, 그러고 보니 6·25 때 엄마가 내 이름을 부르면서 달려와서 행복했던 기억이 또 있어.."

나는 나만 수원 고모 집에 맡겨졌던 피난 시절의 기억이 났다.

나는 엄마가 한 살 위 오빠를 애지중지하며 위해서 그 차별 대우에 툭하면 울기도 잘했는데, 나 혼자 부모 곁을 떠나왔으니 서럽다 못해 버려졌다는 기분까지 들어 오빠만 위하는 엄마가 친엄마가 아닐지도 모른다는 생각이 들었다.

나는 버림받은 기분으로 혼자 훌쩍이기도 하면서 지냈는데, 어느 날, 엄마가 나를 찾으러 왔다.

"영애야, 영애야!"

엄마는 골목에 들어서면서 나를 불렀다. 골목에 나와 하염없이 앉아있던 내게 엄마가 부르는

엄마는 골목에 들어서면서 나를 불렀다. 골목에 나와 하염없이 앉아 있던 내게 엄마가 부르는 "영애야 아! 영애야!" 소리가 그립고 따뜻해서 나는 한달음에 달려가 품에 안겼다.

나는 달려가 엄마 품에 안기면서 혹시 내가 다리 밑에서 주워 와서 기른 딸이 아닐까라는 불안이 사라지면서 엉엉 울었었다.

내가 그 말을 하자 모두 소리 내어 웃었다.

그날 우리 가족의 영종도 나들이는 옛날 육이오 동란 이야기가 주를 이루면서 가족의 소중함을 느꼈던 하루가 되었다.

그날 돌아갈 채비를 하던 엄마가 말했다.

"영종이라는 이름이 아주 큰 이름이라고 하니 이 섬이 잘 될 것이야." 엄마는 자신이 부처처럼 모시는 큰 스님이 그렇게 말씀하셨다는 말을 모든 식구가 있는 데서 발표하셨다.

그래서 나를 낳고 10년 만에 얻은 내 남동생 이름을 영종이라 지은 모양이었다.

"엄마, 그래서 막내를 영종이라 지은 거야?"

"우리 집 돌림자가 영이니 영자를 넣은 거지만 스님이 지어주시면서 그렇게 말씀은 하셨다. 기왕이면 큰 이름이라니 좋지 않니?"

우리 집에서는 엄마 말이 법이 될 만큼 엄마의 위치는 단단하다.

옥천이 고향인 엄마의 자랑은 육종관(육영수 여사의 아버지) 씨와 한동네에 살았으며 육 여사와 죽전초등학교 동창이라는 것이다.

"촛불로 살 때 그 집만은 전기를 끌어다 살았을 만큼 아주 부잣집이었단다."

그렇게 시작되는 엄마의 옥천 시절 육영수 여사의 이야기는 귀가 닳도록 들었고 후에 나도 많이 써먹던 소재다.

암튼 엄마는 내가 영종도 섬 학교에 간다고 했을 때도 영종 이름이 좋아서 반대하지 않았다는 말을 하셨다.

"지금은 작은 섬이지만 아마도 좋을 게야…."

라는 말에 뒤이어,

"영애야, 너도 여기에서 좋은 일이 있을 게다."

라고 자신 있게 말했는데, 왠지 나에게 그 말은 위로가 되었다.

말은 씨가 된다고 하던가.

정말 엄마의 이 말은 좋은 씨가 되었는지 그 후 영종도는 세계적인 공항의 대열에 오른 인천공항이 되었다.

그리고 영종이라는 이름의 남동생은 1982년 스페인 마드리드로 가서 태권도 사범으로 인정받으면서 그곳에서 자리를 잡았다. 그 후 1988년 미국 뉴저지로 건너가 역시 태권도 사범으로 인기가 높아졌고 결혼해 두 아들을 낳았는데, 그 두 아들 준석, 재석은 미국 해군사관생이 되어 능력을 인정받은 미국 시민이 되었으니 영종이는 미국에 가서 그 이름값을 톡톡히 하며 잘살고 있다.

어디 그뿐인가. 나 역시 영종에서 좋은 일이 많았다.

그중 첫째는 결혼의 연이 맺어진 것이다. 그리고 더욱 중요한 것은 내가 한국화가로서 가장 중요한 덕목에 속하는 자연을 바라보고 느끼면서 생명의 숨결을 표현할 수 있었던 자양분을 얻는 안목을 키웠다는 것이다.

그로부터 34년이 흐른 2004년 어느 날.

남동생 영종이 한국에 나왔을 때 나는 불현듯이 영종에 가고 싶어졌다.

영종은 1981년도에 전기가 들어오고 이후 인천공항이 생기고 다리가 놓여, 이미 섬이 아닌 국제적인 위치에 서 있을 때이다.

딸 유경이 말했다.

"엄마, 영종중학교에 가보자. 잘 있겠지?"

"그게 좋겠다. 영종아, 영종학교에 가보자!"

나는 엄마, 동생, 딸 유경, 그리고 아빠와 함께 온 미국 시민으로 준석, 재석, 두 조카와 함께 영종중학교에 갔다. (이후 준석, 재석은 미 해군사관학교를 졸업하고 미국시민으로 훌륭한 삶을 살고 있으니 영종의 큰 이름값은 자식들대로 이어지고 있는 것이다.)

도착하니 학교는 그대로인데 운동장에서 아이들이 뛰어노는 모습은 없었다. 내가 새내기 선생으로 있을 때는 공차는 아이들이 많고 왁자지껄했었는데….

'산천은 유구한데 인걸은 간데없다.'

불현듯이 그 말이 떠오르면서 70년도가 그리워졌다.

학교는 그대론데 그때 제자들은 다 어디에 있을까?

나는 그리움에 젖어 교정을 거닐고 내가 가르치던 교실을 바라보았다.

영종은 내가 가장 아끼는 아름다운 그림이다.

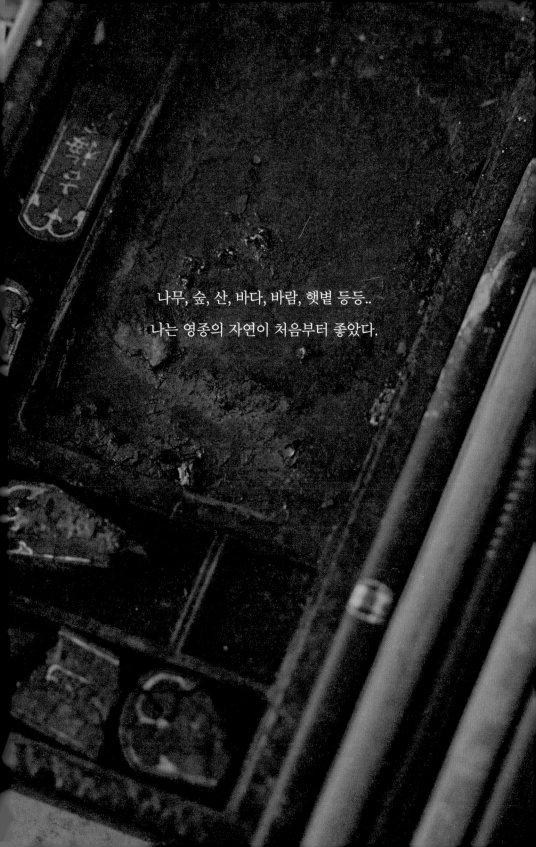

나무, 숲, 산, 바다, 바람, 햇볕 등등..
나는 영종의 자연이 처음부터 좋았다.

3. 피아노와 산수화

나는 미술 교사로 발령받았는데, 영종중학교에서 음악 선생도 겸하게 되었다. 당시 음악 담당 선생님이 계시지 않았는데, 풍금을 칠 줄 아는 내가 임시로 음악을 담당하게 되었다. 나는 음악을 가르치게 된 것이 좋았다.

나는 미술만큼 음악을 좋아했으므로 미술을 전공하지 않았다면 음악을 선택해 음악 선생이 되었을 것이다.

그때 나는 미술보다 음악 수업에 더 열심을 낸 것 같다. 전공이 아니어서 잘못 가르친다는 소리를 듣지 않기 위해서인 까닭도 있었겠지만 나 자신이 풍금치고 노래하는 것이 좋았고 학교의 풍금은 낡았지만 소리는 괜찮았다.

나는 대학교 때부터 다니던 YMCA 요들송 공부를 영종도에 와서도 계속했다.

당시 김홍철 선생은 요들송의 본고장 스위스에서 정식으로 공부하고 귀국해 한국에서 처음으로 정통 요들송을 가르치면서 요들 붐을 일으키고 있었다. 김 선생은 남녀 혼성 합창단(40명)을 만들어 1년에 한 번 이화여대 강당에서 요들의 밤 발표회를 했는데, 나는 합창단 단원으로 이 발표회에 2년간 참석했다. 나는 요들송 배우는 게 좋아 왕복 6시간이 힘들다고 생각하지 않았다.

금요일 수업을 끝내고 버스, 배, 다시 버스를 타고 종로 2가에 있는 YMCA에 도착해 김홍철 선생님이 가르치는 요들송을 배우고 택시를 타고 청량리 집(내가 고등학교 때 청진동에서 이사)에 가서 자고 이튿날 새벽에 일어나 택시, 버스, 배, 다시 택시를 타고 학교에 출근했다.

나는 가끔 음악 시간에 요들송을 가르치고 부르기도 했다. 학생들은 내가 가르치는 대로 따라 하면 요들 소리가 나는 게 신기한지 대구루루 웃으면서 잘 따라 했다.

아이들은 음악 시간을 즐거워했다.

영종중학교에서 음악 수업이 활발해지면서 낡은 풍금 하나로는 그 열기를 감당하기가 힘들었다. 새 풍금이라도 장만해야겠다는 생각이 절실할 때 낭보가 날아들었다. 그건 우리 학교에 피아노가 기증된다는 소식이었다.

서울 마장동에 있는 신일공업사 김희경 대표께서 피아노를 기증해주신다는 소식에 나는 속으로 환호하고 아이들은 두 발을 구르면서 좋아했다

나는 피아노를 선물해주시는 분께 어떻게 감사 표시를 할까, 고심하다가 그림으로 답례해야겠다는 생각을 하고 영종의 풍광이 가득 담긴 그림을 선물하겠다는 마음을 가졌다.

청전 이상범 선생님의 화풍은 농담을 달리한 짧은 붓질을 수없이 반복하여 어렴풋이 안개에 싸인 고담한 숲, 소박한 자연 묘사로 청전 화풍이 널리 알려져 있는데, 청전 화실에 다녔던 나 역시 그 화풍을 이어받았다.

산과 나무, 바위와 개천, 농부와 아낙의 모습은 특유의 한국적 서정을 담은 정취가 가득한데, 나는 영종도에서 청전의 그 자연을 나타내는 마음을 만날 수 있었다.

나는 미술 시간에 청전에 관한 이야기 중 청전이 동아일보에 근무하던 당시의 일화를 아이들에게 들려주곤 했다.

1936년 독일 올림픽 대회에서 손기정 선수가 마라톤에 우승하는 장면의 사진을 신문에 실을 때 당시 동아일보 사진부 기자로 근무하던 이상범이 체육부 기자의 요청으로 손기정 선수 가슴의 일장기를 지우고 신문에 게재하여 구속 취조를 받고 동아일보를 퇴직한 일이었다.

청전 이상범의 수묵산수화는 특별한 깊이로 우리를 관조의 길로 들어서게 한다.

잔잔히 일렁이는 물결, 하늘을 향해 높이 올라간 나무들을 점과 선, 그리고 흑백으로만 표현되었을 뿐인데, 그 어떤 색상의 풍경화보다 강렬한 이미지를 준다.

겸재 정선, 단원 김홍도 이후 한국미술을 대표하는 국민작가 청전은 청전 양식이라 불리는 한국산수의 화법을 창조한 근현대 작가의 대표다.

흑과 백, 수묵의 깊이와 번짐이라는 축적된 질감으로 표현된 청전의 산수화는 잊힌 것들을 우리 마음속에 저장하게 하는 감성이 뛰어나다는 평가를 받는데, 나는 영종도의 풍광을 보면서 청전의 화풍이 떠올랐고 높이 솟은 미루나무, 잔잔히 일렁이는 개울의 물결, 굽은 허리에 지게를 지고 가는 촌부의 모습을 점과 선, 번짐이라는 질감으로 표현한 청전 양식이 강렬하게 떠올랐다.

나는 영종의 나무를 그리기 시작했다.

촛불 열 개를 켜놓고 밤을 새우면서 붓질을 해나갔다.

나는 아버지의 뒤를 이어 한국화가가 된 청전 막내아들 이건걸 선생님의 가르침을 받으러 누하동 청전 화숙에 드나들며 눈으로 보고 가슴으로 느끼고 손으로 붓질하는 법을 어깨너머로 배웠던 일이 가슴으로 느껴져 왔다. 영종의 자연이 나를 청전의 세계로 이끌어주는 계기가 된 것이다.

이렇게 해서 완성된 그림이 60호짜리 영종 바닷가. 가을 풍경.

이 그림을 피아노를 기증해주신 신일공업사 대표님께 드렸다.

나는 영종의 나무를 그리기 시작했다.

촛불 열 개를 켜놓고 밤을 새우면서 붓질을 해나갔다.

4. 인연은 따로 있다

1970년 여름.

영종중학교 교직원들은 경기도 옹진군 영흥도로 2박 3일 연수 수련을 떠나게 되었다.

당시는 통행금지가 시행되던 때여서 "애앵애앵…" 통행금지 사이렌이 울리면 문밖을 나갈 수가 없었고 물론 거리에 나가면 잡혀가던 시절이었다.

영흥도를 가기 위해서는 이른 아침인 오전 6시에 만석동 배 터에서 출발하는 배를 타야 했으므로 그 시간을 맞추기 위해서는 만석동 근처에서 자는 것이 제일 좋은 방법이었다.

"오 선생, 고교 은사님이 배 터 가까운 송림동에 사시거든. 내가 영종중학교 체육 선생이 된 것을 누구보다 축하해주신 선생님이시니까 부탁드리면 될 것 같아."

"그렇게만 해주시면 정말 좋지, 뭐."

나는 서울 집에서나 영종 하숙집에서나 배 시간에 맞출 일이 난감했던 터였으므로 그 방법에 대찬성이었다.

그렇게 해서 나와 수원여고 배구 선수 출신 김옥희 체육 선생은 그때는 수원여고를 그만두시고 인하 사범대 체육과로 옮기신 은사 최세진 교수님 댁에서 하룻밤 신세를 지기로 약속이 되었다.

우리 두 사람은 짐을 싸 들고 최 교수님 댁으로 갔다. 최 교수님은 남을 배려하는 따뜻한 분이셨다.

"밤을 새우려면 밤참이 있어야지."

하시면서 찐 감자와 옥수수, 그리고 커피를 들고 오셔서 우리와 함께 이야기를 나누었다.

지금은 그때 무슨 이야기를 했는지 거의 기억에 없지만 참으로 많은 이야기보따리를 펼쳤고 때로는 너무 웃어서 눈물이 나기도 했다. 물론 옥천 육영수 댁의 이야기는 빼놓을 수 없다.

육종관 씨는 동네에서 자신의 집만 전기를 끌어다 쓸 만큼 부자이고 아내를 다섯이나 두었는데, 신발은 꼭 여자 고무신을 신었다는 말에는 교수님도 김 선생도 놀라면서,

"왜요?"

하고 물었다.

"여자 고무신은 바꿔 신을 수 있어서 오래 신을 수가 있어서였대요."

"남자 고무신은 바꿔 신을 수 없나?"

교수님은 고개를 갸우뚱하시면서 생각하다가 그런 것 같다면서 웃었다.

"육 여사는 어린 시절에도 속이 깊으셨대요."

그러면서 나는 엄마에게 들은 육 여사의 이야기도 했다. 당시 육 여사는 아버지의 다섯 아내와 함께 살았는데 수를 놓을 때는 다섯의 작은 어머니들에게 골고루 "여기에는 무슨 색깔의 수를 놓으면 좋을까요?" 하고 물었다고 했다.

그러면 작은댁(엄마)들은 큰댁의 따님이 자신들을 무시하지 않고 식구로 대접해주어 마음을 놓으면서 행복해했다는 말을 엄마한테서 들은 대로 말하면서.

"될 나무는 떡잎부터 알아볼 수 있다더니 육 여사님은 어릴 때부터도 덕이 있으셨지요?"

했더니 교수님도 그렇다면서,

"오 선생 어머님이 육 여사님과 동창이시라니…, 그 옛날 학교에 다니신 걸 보면 외가댁이 명문가셨나 봅니다…."

라고 말씀하시기도 했다.

그리고 나는 영종의 뱀 이야기, 어린 시절의 별명 이야기 등등 밤을 새우는 바람에 많은 이야기보따리를 풀었었다.

"전 뱀이 너무 무섭고 싫거든요. 청계천에 뱀탕집이 있는 게 싫어서 청진동에서 살고 싶지 않았는데, 영종도로 발령이 나서 좋아했어요…."

"뱀 때문에 영종도 발령이 좋았다니요?"

"왜냐하면 섬에는 뱀이 없을 줄 알았거든요. 한데 뱀이 운동장에 나타났지 뭐예요."

"섬에 왜 뱀이 없을 거라 생각했죠?"

"서울에 있는 뱀이 바다를 건너지 못하니까 없을 줄 알았어요."

내 말에 교수님과 김 선생이 허리를 잡고 웃었다.

그 날밤, 나는 할머니, 이모, 고모, 삼촌 등 대가족이 사는 분위기에 대해서도 말했었다. 할머니와 엄마가 남아선호사상이 심해, 오빠만 애지중지하고 나는 심부름을 시켜서 집에 있기보다 밖으로 돌아다닌 시간이 많았다는 어린 시절 이야기도 하고, 물론 "기브 미 초콜렛" 사연도 이야기했다.

"여학교 때는 학원, 화실에 다녀서 집에는 통금시간이 되어서 들어갈 때가 많았어요. 그래서 할머니는 저에게 거리 사당이라는 별명을 붙여주었어요."

그러자 교수님은,

"음…, 거리 사당이 무슨 뜻일까?"

하셔서,

"예전에는 사당에 아침저녁으로 인사를 하잖아요, 그런데 제 사당이 거리에 있어서 매일 쏘다닌다는 뜻으로 할머니가 그렇게 지으신 거래요."

그 말에 다시금 큰소리로 웃게 되었다.

"제 별명이 하나 더 있어요. 영화배우 눈물의 여왕 전옥 아시죠? 제가 너무 잘 울어서 또 붙여진 별명이 전옥이예요."

요즘 사람들은 전옥 배우를 잘 모를 테지만 우리가 젊었을 당시는 최무룡 배우의 어머니이며 배우였던 전옥을 모르는 사람이 거의 없었다. 그분이 어찌나 우는 연기를 잘했는지 붙여진 이름이 '눈물의 여왕 전옥'인데, 외할머니는 툭하면 우는 나를 눈물의 여왕은 싹 빼고 '전옥'이라 부르기도 했다.

김 선생도 선수 시절 자신의 얘기, 은사님의 이야기를 하느라 우리는 정말 밤이 가는 것도 모르고 이야기꽃을 피우면서 밤을 새워 무사히 6시 배를 탈 수 있었다.

한 달 후 나는 교수님 댁을 찾았다.

하룻밤 신세 진 보답을 위해 인사차 들렀는데, 교수님이 어찌나 반겨주던지 나는 어리둥절하고 말았다.

"오 선생, 바둑 둘 줄 안다고 했죠? 한 판 둡시다."

나를 잡아두려고 이런 제안까지 했는데, 나는 다음에 하자고 했다.

"그럼 언제 할 수 있는지 지금 약속을 합시다."

후배 중매에 마음이 급해진 최 교수님이 채근하는 바람에 나는 어느 일요일에 약속을 하고 말았다.

최 교수는 나에게 다른 속셈이 있었던 것이다.

그건 자신이 좋아하는 후배인 인하대 학생과장 이해수 때문이었다.

이해수는 9남매의 장남이니 그때나 지금이나 마찬가지로 장가가기 힘든 조건이어서, 노총각을 향해 가는 것을 안타까워하면서 처녀만 보면 이해수와 짝을 맞추어보던 시기였다. 최 교수는 그런 연유로 자신의 제자인 김옥희 체육 선생을 염두에 두고 있던 차였다.

최 교수는 이해수의 아버지가 양반 동네 진천의 면장으로 밥은 걱정 없는 집이어도 9남매 장남이라면 중매로는 쉽지 않기에 적당한 때를 기다리면서 제자에게 말할 기회를 엿보던 중이었다.

그런데 우리가 배를 타기 위해 하룻밤 신세 지던 그 날 밤, 교수님 생각이 바뀌었다. 교수님은 후배의 짝으로는 대가족 속에서 편안히 잘 자란 사람이 적당하리라는 생각이었는데, 그런 점에서는 자신의 제자보다는 내가 더 적당하다는 생각이 들었던 것이다.

나는 최 교수님이 이해수 짝을 김옥희 선생에서 오영애로 바꾼 진심을 모른 채 얼마 후 교수님 댁에서 바둑판을 앞에 두고 남편 이해수를 만나게 되었다.

"영애야, 영종이 너하고 천생연분이구나.
네가 그곳에 가서 활짝 개화했어!"

5. 연분홍 사연

　70년도 그해는 나에게 연분홍 꽃바람이 불어왔다.

　당시 스물넷이면 혼기가 꽉 찬 나이이니 당연한 훈풍이었다. 충청북도 진천 9남매 맏며느리 자리 외에도 영종도의 며느리가 될 수도 있는 바람도 불어왔다.

　그건, 영종중학교 앞에서 문방구를 하시는 아저씨가 나를 자신의 며느리로 점찍었기 때문이었다.

　그분은 아들이 육지로 나가 직장에 다니는 일이 큰 자랑이었고 꼭 나같이 생긴 며느리를 보는 게 소원이라면 소원이신 분이었다.

　나는 예쁘다는 소리는 잘 듣지 못했으나 '맏며느릿감'이라는 말은 많이 들었으니 아마도 모가 나지 않고 둥글넓적 웃는 상이 소위 말하는 맏며느리 얼굴인 모양이었다.

　후에 어느 분이 나에게,

　"오영애 화가님은 국민 맏며느리 얼굴 그 자체예요."

　하는 말에 그곳에 모인 모든 분들이 고개를 끄떡여 긍정해준 이후 나는 국민 맏며느리 상이 되어버렸다.

　문방구 아저씨 댁 아들은 한동네에 살고 있으니 서로 만날 수 있는 기회가 많았다. 그만하면 체격, 얼굴이 괜찮은 편으로, 나는 인사를 나눈 이후 만남을 가지게 되었는데, 그런 즈음에 장가가기엔 악조건을 가진 인하대 학생처장 이해수를 만나게 되었다.

자신의 조건을 잘 알고 있어서인지 이해수 총각은 덥석 다가오지 못했다. 중매를 선 최 교수는 나에게 이해수 처장이 나를 아주 마음에 들어 한다는 말을 전하면서 내 쪽에서 좀 더 적극적으로 나가주기를 바라는 듯한 말을 하기도 했다.

나는 이해수 총각이 영종도 총각보다는 마음에 들었지만 9남매 장남이라는 조건이 마음에 걸리긴 했다.

그래서 엄마한테 슬쩍 운을 떼보았다.

"뭐라고! 9남매 장남? 그건 안 된다. 화약을 들고 불에 들어가려고? 하나밖에 없는 딸을 그런 데는 보낼 수 없다!"

펄쩍 뛰셨다.

나 역시 자신이 없었다.

나는 본의 아니게 두 사람을 놓고 저울질하는 형국으로 두 사람과 만남을 가지게 되었다.

이해수 총각을 만나면서 나는,

'당사자인 사람이 중요하지, 집안 식구가 중요한가?'

라는 생각이 들었다. 그건 해수 총각에게 마음이 기울었다는 의미였고 사실 나는 대가족 속에서 살았으므로 식구가 많다는 것이 엄마가 말리는 것처럼 크게 부담이 되지는 않았다.

'함께 살지 않으니까, 괜찮아.'

쪽으로 마음을 굳히고 있는데, 할머니와 엄마는 결혼은 둘만의 결합이 아니고 집안 식구들과의 연결이기도 하므로 9남매 장남은 특히 책임감이 많아 안 된다고 말렸다.

나는 인하대 학생처장에게 마음이 기울었지만 엄마 말씀을 무시할 수는 없었다.

그러면서 영종 총각과도 연락이 오면 만남을 가졌다.

그런데 어느 날, 영종 총각을 만난 게 이해수 귀에 들어갔다.

"오 선생이 어느 남자와 데이트를 하는 걸 봤어요."

이해수와 나의 만남을 아는 그의 후배가 그렇게 일러준 것이다.

아마도 그즈음부터 이해수가 적극적으로 나왔던 듯하다. 그는 진천 면백 면장님 아버지께 결혼을 생각하고 있는 처자가 있다는 말을 그즈음에 했다.

되돌아보니 영종으로 발령받아 섬으로 간 1970년도는 잊을 수 없는 해다.

남자로 치면 입신양명하는 운수 대통의 해일 것이다.

전기도 들어오지 않는 멀고 먼 섬으로 간다고 울먹이시던 엄마도 세월이 아주 많이 흐른 어느 날 이렇게 말했다.

"영애야, 영종이 너하고 천생연분이구나. 네가 그곳에 가서 활짝 개화했어!"

나 역시 요즘 새삼 되돌아보니 그 해는 나의 삶에 모든 것이 발아해서 씨앗이 만들어지는 인생 최고의 해였음을 알 수 있었다.

"그래? 한데 나는 왜 몰랐을까?"

"선생님? 알게 하면 짝사랑이 아니지요."

6. 미안해, 미안해

52년 만에 만다복에서 영종 제자들을 만나던 날, 제자들은 나에 대한 추억을 많이 들려주었는데, 대부분 그 시절 나의 겉모습에 관한 것이 주류를 이루었다.

"옷차림이 멋있었구요…. 선생님의 미소가 온화했어요."

"조용조용 걸으시는 반듯한 걸음걸이가 근사해서 그 걸음 흉내 내 보는 애들이 꽤 많았어요."

"고개를 숙이시고 조용히 걷는 모습이 한 마리 학이었다니까요."

"50여 년 만에 뵈었다고 너무 아부하지 마시죠."

누군가의 지적에,

"오늘은 특별한 날이니 아부가 지나쳐도 용서합시다요."

해서 다 함께 웃었다.

그리고 영종도에 처음으로 등장한 피아노로 노래를 배워 음악 시간이 신나고 즐거웠다는 이야기, 요들송 등 음악 시간 이야기가 많이 나와, 내가 미술 선생이 아니고 음악 선생이었다는 느낌이 가득했다.

되돌아보니 나는 섬사람들이 서울 여선생이라고 해서 괜스레 눈 밖에 나지 않으려고 나름의 노력을 했었다.

"섬사람들은 특히 서울에서 왔다면 요주의로 보니 매사 행동거지를 조심해야 한다."

엄마는 그렇게 당부하면서 특히 옷차림을 선생답게 얌전스레 입어야 한다고 일렀다.

엄마는 그렇게 당부하면서 특히 옷차림을 선생답게 얌전스레 입어야 한다고 일렀다.

엄마는 내가 평소 정장보다는 캐주얼하게 입어 소위 얌전한 스타일이 아닌 것을 염두에 두고 그렇게 일렀다. 엄마는 선생다운 차림이라면 하얀 상의에 검정 스커트, 검정이나 밤색 등의 점잖은 정장 차림을 떠올렸으므로 내가 대학교 때 즐겨 입었던 자유스러운 차림보다 얌전하게 입으라는 의미였고 나 역시 차림에 조심을 했다.

제자들과 나는 70년도 영종으로 돌아가 그 시절의 추억 속을 거닐었다.

그렇게 생생하게 그때로 돌아갈 수 있었던 데에는 신현승의 놀라운 기억력이 한몫을 해주었다. 그는 이름이며, 날짜까지도 고스란히 말해 우리를 놀라게 했으며 당연하게 이야기의 중심에서 화제를 이끌어갔다.

갯벌에서 고동(소라) 잡기, 바닷가에서 부른 요들송의 메아리, 운동장에 등장했던 뱀 이야기는 빠질 수 없는 영종의 레퍼토리다.

한 제자가,

"선생님한테 가까이 다가가고 싶었지만 좀 어려웠어요. 뭐랄까, 근접하기 어려운 분위기가 선생님한테 있었어요."

그 말에 다른 제자들도 이구동성으로 그렇다고 말하면서 선생님 집 가보지 않은 것은 내가 유일했다는 말도 했다.

"젊은 처녀가 객지에 나와 살면 모든 게 조심스러운데, 그때 너희들은 새파랗게 젊은 남정네들 아니니?"

"맞아요. 누구라고는 말할 수 없지만 선생님 짝사랑한 애들이 한두 사람이 아니지요…."

"그래? 한데 나는 왜 몰랐을까?"

"선생님? 알게 하면 짝사랑이 아니지요."

"그래? 스캔들이 있었어야 하는데…. 아아, 아깝다!"

우리들은 그런 얘기도 하면서 내가 여학생들과 줄넘기하던 모습 등 내가 잊고 있었던 모습을 얘기해주었다.

제자들이 그 당시의 선생님들 모습을 잊지 않고 기억하고 있는 게 놀라웠다.

한창 그때로 돌아가 추억에 젖어 있는데, 신현승이 말했다.

"참, 선생님! 선생님이 커닝한 아이들 이름을 교실 문밖에 크게 써 붙여놓으신 적이 있었어요."

"어머, 내가 그랬었니?"

"그 일 이후 커닝하는 아이들이 줄긴 했지만, 그 애들이 창피해했어요."

나는 깜짝 놀랐다.

"선생님이 커닝하지 못하게 혼쭐을 내신 건데요, 우리들은 훈육 선생님이 아니신 미술 여선생님이 그렇게 세게 나오셔서 좀 놀랐죠."

"아, 맞아. 그때 우리들이 충격을 좀 먹었죠…."

내가 왜 그랬을까?

아마도 난 처음부터 아이들을 다잡아야 한다는 강박관념이 있었던 듯하다. 그렇다고 아이들 이름을 모두가 볼 수 있도록 크게 써 붙여놓았다니….

50여 년 만에 제자들을 만나 행복했었지만 그 일이 떠오르자 그 아이들에게 미안해졌다.

"얼마나 창피했을까? 나중에 불러 조용히 타일렀으면 좋았을 텐데…."

그렇게 생각하면서 '영종도의 오영애 선생'을 떠올려보니 그때 나는 너무 "그렇게 하면 안 돼"라는 갑옷을 입고 있었다는 생각이 들었다.

어디 커닝 사건뿐일까?

아마도 나는 그 시절, 알게 모르게 제자들에게 상처를 준 일이 있었을 것이다. 여선생이어서 더 거리를 두었기에 제자들에게 엄격했을 터였다.

"…미안해…. 미안해…."

나는 나로 인해 상처를 받은 아이들에게 진심으로 미안하다는 생각이 들었다.

"애들아, 나를 용서해주렴."

"…지금은 잊어버렸지?"

내게 지금 다시 섬마을 선생을 할 기회가 주어진다면 나는 정말로 더 잘 할 수 있을 것이라는 생각이 들었다.

영종에서의 2년.

나는 그 2년이 다른 곳에서의 20년만큼 추억이 많다.

첫 정이 담뿍 들은 곳,

미술 선생보다 음악 선생이라는 게 더 어울리던 시절.

나는 영종도를 떠날 때 새로 생긴 영종상고의 배지와 교복을 도안해주고 섬마을 선생과 안녕을 했다.

제 2 장

찬란하지만 고달픈 청춘

1. 스무 살 안녕

나는 1972년 부평에 있는 북인천여자중학교로 발령을 받아 영종중 학교와 헤어지게 되었다.

2년이지만 시간과 따질 수 없는 무게의 영종도에서의 삶.

사회생활의 첫 단추를 낀 그곳에서 나는 제자들을 만났고 비로소 자연도 발견했다.

선생과 화가를 겸해서 할 수 있다는 자신감을 안을 수 있었던 곳 영종.

전공인 미술보다 더 열성을 보였던 음악 선생으로서의 즐거움.

바닷가에 나가 아이들과 함께 불렀던 요들송.

영종도에 처음으로 상륙한 피아노 답례로 촛불 열 개를 켜놓고 밤 새워 그린 영종 풍경 그림을 그릴 때의 열정.

뱀은 무섭지만 간첩 김신조 등장 이후로 툭하면 터지던 조명탄의 화려한 변신은 잊을 수 없다. 영종도는 조명탄이 터질 때마다 대낮이 되면서 아름다운 보석으로 변신하는 마술의 섬이 되었다.

나는 섬마을 여선생의 철없던 시절을 마감하고 배에 올랐고 제자들과 나는 서로 보이지 않을 때까지 손을 흔들었다.

그렇게 나는 영종과 헤어지고 부평의 북인천중학교에서 인천 시대를 열었다. 북인천중학교에서는 미술 전공인 나에게 담임을 주어 나는 한층 책임을 무겁게 느끼면서 인천에서의 교사 생활을 시작했다.

또한 화가로서도 첫발을 내디뎠다. 북인천 선생으로 발령받은 직후 인천 미술협회 회원으로 가입한 것이다.

그렇게 의욕적으로 인천 시대의 생활을 막 시작한 때였다. 12월 어느 토요일, 낮 열두 시쯤 학교로 전화가 걸려왔다.

"나, 이해수 애비 이충호요. 오 선생 만나려고 진천에서 올라왔소."

"지금 어디세요?"

"부평역전 앞에 있는 다방 키요."

역전에는 열쇠라는 뜻을 가진 키 다방이 있었다.

"몇 시에 퇴근하시오? 내가 학교로 가도 되겠소?"

"제가 가겠습니다. 한데 제가 한 시에 퇴근이어서…."

"괜찮아요. 기다리고 있을 테니 조퇴하지는 마시오."

"네."

이해수의 아버지는 아들이 만나는 짝이 있다는 이야기를 듣고는 직접 찾아오신 것이었다.

내가 다방에 들어서자 저만큼에서 아버님이 손을 번쩍 드셨다. 양복 차림에 머플러와 장갑을 끼신 아버님은 진천에서 올라오셨다기보다 서울 명동에서 오신 듯 멋쟁이 신사의 모습이셨다.

그날 무슨 이야기를 했는지 기억에 없는데 아버님은 며느리 면접을 열심히 하시면서도 만면에 웃음을 띠신 것으로 보아 나를 아주 마음에 들어 하셨다.

그 후 아버님은 그날 나를 본 소감을 이렇게 말씀하셨다고 했다.

"그 처녀 얼굴에 밥풀이 가득 붙었어!"

그 말은 식복이 많아 잘 살겠다는 뜻이었다.

그날 예비 시아버지의 인천 상륙은 맥아도 장군만큼이나 성공적이었다. 우리는 그날 이후 결혼을 준비하게 되었기 때문이다.

9남매 장남과의 결혼을 반대하던 부모님도 시부모님과 상견례를 치르면서 태도가 달라지셨다.

"진천이 양반 동네인데, 특히 네 시댁은 양반 중에 양반이구나."

부모님은 시아버지가 진천 유교 대표로 행사를 주관하는 것을 두고 그렇게 말씀하셨다.

또한 시아버지는 아버지가 평양 출신으로 실향민이지만 우리 외가가 옥천 양반이라는 점을 높이 평가했는데, 그것은 역시 엄마가 육영수 여사와 죽전초등학교 동창이라는 점이 높은 점수를 매겨진 것이다.

9남매의 맏며느리가 되는 일은 화약을 들고 불구덩이에 들어가는 일이라며 극구 반대하던 엄마가 혼사 준비를 열심히 해주신 것에는 다른 이유가 하나 더 있었다. 불교 신자이신 어머니는 절에만 열심히 다니시는 것 말고도 스님뿐만이 아니라 점을 용하게 잘 본다는 소문이 있으면 그곳을 꼭 찾아갔다.

엄마는 당연히 이해수와 내 사주를 보셨다. 그리고 답은 만족할 만한 것이었다. 말하자면 우리는 궁합, 사주가 좋아 천생연분이라는 것이었다.

엄마가 내가 결혼하고 두 아이를 낳은 한참 후에 우리 두 사람의 사주가 쓰인 긴 두루마리를 나에게 주었다.

"평생 사주가 쓰여 있으니 잘 보관해 두면서 보거라."

나는 그 두루마리를 보면서 사람은 타고 나는 운명이 있는 게 분명하다는 것을 알게 되었다. 거기에는 내가 아들과 딸을 둔다는 것 말고도 나에게 벌어지는 운명이 쓰여 있는데, 그동안에 산 일이 대부분 맞아떨어지는 것이었다.

내가 태어났을 때 아버지 엄마가 내 의사와는 상관없이 정해져 있듯이 미리 정해진 운명이랄까, 아마도 숙명이라고 하는 것들이 존재하는 것은 틀림없었다.

사람의 운명을 미리 예견하는 일은 천기누설이라던가, 암튼 앞날을 미리 말해서는 안 될 것이고 다 맞아떨어지는 일도 아니므로 절대 신봉해서도 안 되지만 나는 그 평생 사주를 보면서 그런 운명을 믿게 되었다.

왜냐하면 내가 그분이 예견한 대로 살고 있는 면이 많았으므로 나는 아이들의 미래도 알고 싶어서,

"엄마, 우리 사주 봐주신 분 지금도 계셔?"

"왜?"

"계시면 물어보고 싶은 게 있어서."

"돌아가셨다. 그리고 네 점은 네가 치고 살면 된다."

"그게 무슨 말이야?"

"네가 잘하고 살면 좋고, 잘못하고 살면 나쁜 운이 오는 거다."

하셨다.

"알았어. 잘하고 살게요."

나는 두루마리 평생 사주에 쓰인 내 사주 맨 끄트머리 말을 마음속에 깊이 간직했다. 거기에는 "…세상을 아름답게 한다"라 쓰여 있었다.

1973년 6월 24일 북인천여자중학교 선생이던 때 나는 양가의 축복 속에서 나와 궁합, 사주가 좋은 9남매의 장남, 그리고 나보다 여덟 살이 위인 노총각 이해수와 결혼했는데, 우리 두 사람이 천생연분이라는 말이 맞는 게 틀림없었다.

우리 두 사람은 오래전에 서로 같은 공간 종로에서 살고 있었으니 서로 바람결에 스치고 살았을지도 모르는 일이었다.

이해수는 성균관대학교를 누상동 당숙 집에서 다녔고 그즈음 여학생이던 나는 누하동 청전 이상범 화실에 다니고 있었으니 거의 같은 공간인 윗동네와 아랫동네에서 앞날의 꿈을 키우고 있던 시절이었다.

우리 두 사람이 만남을 가질 때 어쩌다 그 이야기를 하게 되면서 더욱 가까워졌었다.

우리는 부평 삼능 60만 원짜리 전셋집에서 결혼생활을 시작했다.

"그 처녀 얼굴에 밥풀이 가득 붙었어!"

2. 신혼이 없던 신혼 시절

나는 인천 시대를 열면서 동양화가로서의 발걸음도 떼었다.

70년 상명사대 졸업전을 가진 후 72년에 상명전과 인천미술협회 전 등 그룹 전시회에 참여하면서 활동을 시작했을 무렵 결혼을 했으므로 나는 교사, 화가, 아내라는 1인 3역을 해야 하는 길로 들어서게 되었다.

나는 그때부터 4시간을 자면서 일하는 습관을 가지게 되었다. 나에게 주어진 세 역할 중 어느 것 하나 소홀할 수 없는 절대 의무라고 여겼던 나로서는 잠을 줄이는 수밖에 달리 방법이 없었던 것이다.

그런데 결혼하던 해에 동거인이 생겼다.

진천의 넷째 이해연이 서울에서 공부해야 하는 상황이 되어 오빠네 집 신세를 질 수밖에 없게 된 것이다. 우리는 서둘러 180만 원의 인천 제물포 주택으로 옮기고 넷째와 함께 살게 되었고, 나는 허니문 베이비는 아니지만 곧바로 임신이 되어 육아 준비도 해야 하는 긴박한 상태에 접어들었다.

남편 이해수는 정식으로 아침밥을 먹고 하루를 시작하는 사람이었고 나 역시 밥을 먹는 사람이었으니 밥과 국이 필요한 아침 식탁을 차리는 일부터 분주해졌다.

나는 동료 교사들이 아침을 세련되게 빵과 우유로 해결하는 일이 부럽긴 했지만 내가 식탁 혁명을 가지기에는 우린 너무 촌스러운 태생이었다.

아침 전쟁을 잠재워준 분은 현명하신 엄마였다. 엄마는 소위 찰떡을 잔뜩 해서 냉동고에 얼려놓고 한두 개씩 꺼내 국과 함께 먹는 방법을 알려주면서 당신이 손수 찰떡을 해오셨다.

74년에 아들 원근이가 태어났다.

원근이는 순하고 우유를 잘 먹어 주변에서는 원근이가 장군감이라면서 당시 우량아 선발 대회에 나가라는 권유를 많이 받았다. 친정엄마도 원근이가 튼실한 우량아이니 그 대회에 내보냈으면 하셨는데, 대회가 많이 바쁜 3월 신학기여서 대회에는 나가지 못했다.

아빠와 엄마를 골고루 닮은 아들은 꿈처럼 행복을 주었지만 그만큼 바쁘고 고단한 노동을 필요로 했다. 또 나는 육아를 위해 휴직하거나 전업주부가 될 생각은 추호도 없었고 그림 역시 소홀할 수 없었으므로 도우미의 도움을 받아야 했다. 도우미는 진천 시댁에서 올려보내 주었는데, 시부모님이 심사숙고해서 고른 사람이었으므로 정말 일등 살림꾼이었다.

그런 연유로 결혼 이듬해부터 나는 다섯 사람과 함께 살게 되었으니 대가족 속에서 살아야 하는 일은 나의 운명이 틀림없다.

친정에서는 부모님을 비롯해 외할머니, 한양대를 다니던 큰 외삼촌과 성균관대를 다니던 작은 삼촌을 비롯해 고모, 이모, 오빠 영세, 나, 동생 영종 등 열 식구가 살았고, 시댁 식구와 함께 살지는 않는데도 금방 다섯 식구가 되었으니 나에게 대가족은 팔자가 틀림없다.

그래서인지 나는 집에 늘 사람이 있는 게 좋다. 현관문을 들어서면 사람 소리가 나고 음식 냄새가 나는 게 좋아 어쩌다 조용하면 잘못 들어온 듯 주변을 살피게 된다.

이렇게 나는 둘만이 있는 신혼생활의 오붓한 기분이 어떤 것인지 알지 못한 채 신혼이 지나갔다.

나에게 정말 신혼은 있었을까?

나는 고개를 흔들게 된다.

어쩌다 방학이 되어 진천 시댁에 가면 식구는 더 많아 항상 잔칫집 상을 차리게 된다.

교사라는 직업은 학생들 속에서 함께 살아가는 일이고 동양화가라는 천직은 자연의 섭리를 찾아 아름다운 그림을 만들어내는 일이니 나에게 어울림과 화합은 타고난 나의 명제이다.

3. 아이들은 누가 키웠을까?

내 삶에는 없어서는 안 되는 또 하나의 가족이 있다.

아들이 태어나면서부터 꼭 있어야 하는 가정 도우미로, 그들은 어쩌면 나의 삶에 원동력이 되어주는 중요한 가족이 되어주었다.

나는 74년부터 94년까지 20년 동안 가정 도우미와 함께 살았다. 지금도 생각나고 어떤 도우미는 보고 싶고 어떻게 살고 있을지 찾아보고 싶기도 하다. 그중 두서너 사람과는 지금까지 연락이 되고 있으며, 서로의 경조사에 오고 가면서 살고 있고 유경이와 만나면 그들의 이야기를 하기도 한다.

74년 처음 우리 집에 온 도우미는 충북 진천의 시골 처녀였다.

그녀는 아들 원근과 딸 유경이의 어린 시절 기저귀를 갈아주면서 함께 6년을 살았는데, 펜팔로 사귄 남자와 결혼해 헤어지게 되었다.

나는 여동생 시집보내듯이 이것저것을 챙겨주면서 잘 살기를 바랐는데 딸, 아들을 낳고는 이혼을 했고, 그 후 온갖 풍파를 겪더니 마흔에 신내림을 받아 무속인이 되어 청주에서 살고 있다. 신내림을 받았다는 소식을 듣고 곰곰이 되돌아보니 그녀에게서는 그럴 수 있는 끼가 있었다는 생각이 들었다. 그녀는 부모가 지어준 자기 이름이 촌스럽다면서 은희로 이름을 바꾸고 남자와 펜팔을 한 것 자체가 평범하지는 않았던 것이다.

두 번째 가족 역시 시댁 진천에서 올라온 처녀였는데, 좀 살아보니 참 마음에 들었다. 우선 어떤 일이든 꾀를 부리지 않고 부지런했다.

엄마가 두 번째 도우미를 보시더니 말했다.

"재는 남편 키울 상이다. 누가 보든, 보지 않든 한결같이 잘하는 사람은 아주 드문데 잘 살 게다."

엄마의 그 예견은 적중했다. 이웃집에서 그녀의 태도를 보고 탐을 내더니 좋은 신랑감이 있다면서 나에게 중매 부탁을 해왔다.

나는 헌신적으로 일 잘하는 도우미를 잃는 게 싫어서 모른 척하고 싶었지만 한 사람의 좋은 인연을 내 욕심 때문에 가로막는 일은 안 될 것 같아 중매를 섰는데, 엄마 말씀대로 결혼 후 아들, 딸을 낳고 아주 잘 살고 있어 지금도 연락을 하면서 살고 있다.

시댁에서 두 번째 보내준 도우미를 내 맘대로 보낸 형국이 되니 또 부탁하기가 미안해졌는데, 마침 아는 사람이 도우미를 하려는 사람이 있다고 했다.

그 도우미는 사연이 있는 천안 아줌마였다.

사십을 바라보는 그분은 천안에서 슈퍼마켓을 운영하며 살아 남의 집에 있을 처지는 아닌데, 남편의 성실하지 못한 생활을 고쳐보려고 시어머니와 약속하고 1년만 인천에서 가정 도우미를 신청한 사람이었다. 나는 그동안 다시 진천에서 마땅한 처녀를 구하면 된다는 생각으로 1년을 정하고 천안 아줌마를 새 가족으로 살게 되었다.

그 아줌마는 아침에 일어나면 한복에 앞치마를 두르고 정갈하게 일했다.

"거추장스럽지 않으세요?"

하면 그 한복이 작업복으로 적당하다는 듯이,

"거추장스럽긴요. 이래야 긴장이 되고 실수를 하지 않아 오히려 편하답니다."

라고 했으니 뭐든지 습관 들이기 나름이었다.

낮에 가끔 우리 집에 오셔서 손주를 돌봐주시는 엄마가 어느 날 나에게 귀띔을 했다.

"애야, 그 아줌마 일은 잘하는데 전화를 많이 하더라."

"엄마, 시어머니와 짜고 남편 길들이려고 한다니 남편 동태를 파악하려고 그러는 걸 거야. 그러려니 하세요."

그 당시는 핸드폰은 등장하지 않은 때이고 전화기로 모든 연락을 할 때로 요금이 쓰는 만큼 나오던 때여서 전화 거는 일을 극히 조심하던 때였다.

한데 우리 집 요금이 평소보다 배는 더 나왔지만 나는 말을 하지 못했다. 그분은 우리 집에 열 달 있다가 마침내 남편이 반성했다는 말을 듣고 천안 집으로 돌아갔다.

그 사이 우리 집 전화값은 월 12만 원 정도. 전화비가 내 월급 수준이니 그야말로 전화비 폭탄이었다.

"애야, 이 정도면 그 아줌마, 전화비 좀 내고 가도 된다."

남에게 후한 엄마도 끌탕을 하셨다.

"엄마, 그 아줌마네 집 살렸다 생각하면 돼요."

"츠츠, 영애야, 너 복은 받겠다."

그다음으로 생각나는 분은 로얄아파트 살 때 살았던 대구 할머니다.

대구 할머니 역시 천안 아줌마처럼 남편 때문이었다. 아들 식구들과 같이 사는데 할아버지가 반찬 투정이 심해도 너무 심한 경우였다.

할아버지는 며느리 앞에서도 반찬이 없다면서 상을 둘러 엎고 큰소리까지 쳐 식구들이 함께 밥 먹기를 싫어한다는 것이었다. 할머니는 자존심 상하고 할아버지 그 버릇을 고치기 위해 가정 탈출로 인천까지 오게 되었다.

할머니는 배운 분이고 아는 것도 많아 우리 집은 어느새 동네 할머니들이 모여들었다. 그리고 술을 드실 줄 알아 틈이 나면 소주잔을 기울였다.

나는 그즈음에는 따로 화실이 없어 학교 미술반에서 밤늦도록 그림을 그리고 오는 날이 잦았는데 그때까지도 소주잔을 마주하고 계셨다.

"나 한잔하고 있수."

"늦었으니 이젠 주무세요."

"…피곤해 보이는데 한잔하시려우?"

"전 술 못해요. 어서 주무세요."

나는 주말이나 일요일이면 할머니의 신세 한탄을 들은 적이 많았으므로 얼른 방으로 들어가는 게 상책이었다.

할머니는 장난감 자동차를 모으는 취미가 있었다. 손주가 미니카를 좋아해 할머니가 사주었던 게 취미가 되었는지 내가 특근 수당이라며 드린 돈을 따로 모아 당시로는 꽤 비싼 8천 원짜리 영국제 미니카 100개를 사 모으기도 했다. 할머니는 그렇게 모은 장난감 자동차를 원근이에게 주고 동네 아이들에게 나눠주었다.

아는 게 많고 인정도 많고 신세 한탄도 많고…, 많고 많은 인생 사연을 술로 풀어내시던 대구 할머니 생각이 날 때면 할머니의 신세 한탄을 듣지 않으려고 마주치는 시간을 갖지 않았던 일이 마음에 걸린다.

"엄마, 그 아줌마네 집 살렸다 생각하면 돼요."
"츠츠, 영애야, 너 복은 받겠다."

그리고 또 부산 할머니도 생각이 난다.

할머니는 아들을 낳지 못하고 딸 하나만 낳아 소박을 받은 분이다. 삼십 대부터 객지 생활을 하면서 이집 저집에서 살았다.

"나는 남자 복이 없는 게지. 남편 복 없으면 자식 복도 없다 하더니 그 말이 맞아."

그러면서 우리 엄마를 부러워했다.

"원근이 엄마 같으면 열 아들 부럽지 않지만… 나는 하나밖에 없는 딸도 제대로 보고 살지 못하니…."

엄마는 부산 할머니에게 마음을 써주었다.

"앉을 때와 서 있을 때를 알고 살림도 저렇게 잘하는데 박복한 팔자를 타고났으니…, 츠츳…."

엄마는 나에게 부산 할머니에게 잘해야 한다고 이르기도 했다.

1994년 부산 할머니가 떠나가신 것을 마지막으로 나는 함께 사는 도우미와는 안녕을 고했다. 이제는 집에 누가 계시지 않아도 우리 집이 굴러갈 수 있는 상황이 되었으므로 손이 필요할 때는 시간제 파출부를 부르면 되었다.

함께 사는 또 하나의 가족이 필요하던 시절의 큰 사건이라면 그들이 간다고 할 때이다. 한데 그분들은 거의 대부분 하루 전날쯤,

"제가 집에 가야 해요."

하고 통보를 했다.

"언제 가시는데요?"

"낼 가야 해요."

그러면 나는 며칠이라도 돌봐줄 사람을 구하느라 내가 아는 인맥을 총동원한다. 미장원 원장님, 양장점 주인, 친척들에게 급한 사정을 말하면서 어떻게든 사람을 구하는 것이다.

그 당시 함께 살던 분이 가신다는 일은 시간을 쪼개 사는 나에게는 119를 부를 만큼 급박한 사건으로 간 떨리는 일에 속했다.

4. 생거 진천 시댁 가는 길

인천으로 온 1972년 청전 이상범 스승님이 돌아가셨다.

청전 선생님은 네 아들을 두셨는데, 네 아들이 태어날 것을 미리 알기라도 하셨는지 '영, 웅, 호, 걸'을 돌림자 뒤에 붙이셔서 네 아드님 이름은 순서대로 건영, 건웅, 건호, 건걸로 지으셨고, 나는 운 좋게도 아버지 뒤를 이어 화가로 활동하면서 아버지를 모셨던 막내아들 이 건걸 선생님을 중학교 미술 선생으로 만나 청전 화숙에 다니게 되면서 동양화를 전공하게 되어 화가의 길을 걷게 되었다.

이 깊은 인연에 감사하면서 나는 스승님 영전에서 '청출어람'은 되지 못해도 스승님께 누가 되는 화가는 되지 않겠다는 다짐을 드렸다.

"얼음이 물에서 나왔으나 물보다 차고 제자는 스승에게서 나왔으나 스승보다 나아야 한다."라는 청출어람을 내 제자들에게 말하면서 그렇게 되지 못하면 나는 말대로도 살지 못하는 사람이 되는 것이라는 생각이 내 맘속에 있었던 것이다.

내가 청전의 제자라는 것을 제대로 지키려면 선생님의 화풍을 이어받아,

"으음…, 청전 제자라 역시 다르군."

이라는 평을 들어야 하는 것이다.

나는 스승의 영전에서 진경산수를 수묵담채로 그리셨던 스승의 뒤를 따르겠다는 다짐을 했다.

한국화의 특징은 화선지 크기, 먹 사용, 채색과 아교 사용법, 배접인데, 나는 그 기초를 청전 화숙에서 배웠다. 그러므로 내가 한국화가로서 스승의 뒤를 이어야 하고 다시 제자를 길러야 하는 명제를 안은 것이다.

나는 스스로 화가의 길과 제자를 길러내겠다는 각오를 다지면서 그해 인천미술협회전에 참여하고 상명전 그룹전에 그림을 출품했다.

나는 스승님께 드린 약속을 지키기 위해서라도 부지런히 정진해야 했다.

나는 하루도 거르지 않고 학교 미술반에서 밤늦도록 그림을 그렸다. 특별한 일이 아니고는 미술반에서 늦도록 그림을 그렸고 아이를 낳고도 산후조리가 끝나면 그 일을 계속했다.

성악가는 발표회가 없어도 매일 일정 시간에 발성 연습을 한다고 했다. 그래야 목소리에 녹이 슬지 않는다는 말을 들었는데, 화가 역시 매일 정해진 시간에 붓을 들어야 붓놀림이 자유로울 수 있기 때문이었다.

나는 화가로서 운이 좋은 사람이다.

첫 발령지가 영종도여서 자연의 아름다움을 발견하고 느끼면서 스승의 자연사랑을 새삼 발견할 수 있었고, 인천으로 오면서 잠시 멈칫해졌지만 이어 진천 며느리가 되면서 생거 진천이라는 말을 듣는 물 좋고 살기 좋은 배산임수의 진천을 볼 수 있는 혜택이 주어진 것이다.

중·고등학교 미술반, 대학교에서도 스케치 답사라면 빠지지 않아 안양, 수원, 공주, 수덕사, 마곡사, 부여, 속리산, 덕유산, 지리산 등을 답사했었고, 그 자연과의 만남이 나의 그림에 밑거름이 되었다.

남편은 장남이 고향을 떠나 산다는 죄책감이 있어서인지 진천 집 대소사는 거의 빠지지 않고 갔는데, 나는 시간이 허락하는 한 함께 갔다.

진천 시댁 가는 길은 아름다웠다.

나는 스쳐 지나가는 산과 들판을 보는 게 즐거웠다. 자연은 계절마다 옷을 갈아입는다. 그것도 기가 막힌 색감으로 자신을 치장하는데, 나는 그 어떤 천재 화가도 자연 속살 그대로의 채색을 완전하게 표현한 화가는 없다는 생각을 한다.

나는 언제쯤이나 자연의 위대한 모습, 진경산수를 수묵담채로 어느 만큼 표현해낼 수 있을까?

"얼음이 물에서 나왔으나

물보다 차고 제자는 스승에게서 나왔으나

스승보다 나아야 한다."

내 초기 작품 <진천 시댁 가는 길>은 (280×60) 평론가로부터 칭찬을 들은 작품이다.

평론가는 "…생거 진천이란 말이 있을 정도로 물 좋고 살기 좋은 배산임수의 진천이 임정의 시대이다. 임정은 진천을 사랑했다. 이 작품은 긴 세월 동안 많이도 드나들며 삶의 한 부분을 보낸 시댁 가는 길로 정겨운 풍경에서 임정이 간직하고 있는 추억을 상상하게 한다…."

나는 진천 그림을 많이 그렸다. 진천 시댁 가는 길 외에도 진천 가는 길, 고향길 등등 수없는 진천의 아름다운 자연을 수없이 화폭에 담았다.

진천에 도착하면 즐거운 일이 가득해진다.

진천 문백 면장님인 시아버지는 아침 6시면 논에 물꼬를 확인하러 오토바이를 타고 시찰을 나가신다.

내가 시댁에 가 있을 때는 아버님이 나에게 함께 가지 않겠느냐는 신호를 어떤 방식으로든 보내신다. 어떤 때는 말로, 때로는 큰기침으로…. 그러면 나는 바지를 입고 모자를 쓰고 아버님 오토바이 뒤에 오른다. 내 바지 색깔은 내가 즐겨 입는 빨간색이다. 시아버지 오토바이 뒤에 타고 아버님 등에 꼭 붙어가는 새빨간 바지의 맏며느리를 진천 사람들은 대부분 다 보았다.

유교 행사의 대표를 맡아 모든 대소사 행사를 주관하는 면백 면장님을 좋아했던 동네 사람들은 속으로야 어떻게 생각하셨던 겉으로는 면장님 며느리 사랑은 최고라면서 엄지 척을 해주기도 했다.

아주 나중에 유경이가 대학을 다닐 때 즈음인 듯하다.

"엄마가 오토바이 뒤에 탄 건 엄마는 좋았겠지만 작은 엄마나 고모는 싫을 수도 있었을걸."

"왜?"

"왜긴 왜야. 맏며느리가 일은 하지 않고 오토바이나 타고 스케치한다고 산에나 가면 부엌에 있는 사람이 맘 편하겠냐구?"

"그래?"

뒤돌아보니 나는 철딱서니가 없었던 것인지 눈치가 없던 것은 분명하다. 그래도 둘째 동서는 나를 보면 순박하게 웃고 나는 그 웃음이 좋아 말 없는 동서를 좋아했고 진천에 갈 때 동서 선물은 잊지 않고 챙겼다.

진천의 추억은 즐겁고 때론 놀라운 일로 가득하다.

어느 해 여름이다.

시부모님은 삼복중에는 닭백숙으로 가족들 보양을 시켜주신다. 나는 시아버지와 함께 장에 갔다. 아버님은 닭 20마리를 주문하셨고 닭장사는 익숙한 손놀림으로 닭을 잡았다.

그리고는 손질을 하다 말고,

"닭 발모가지도 가져가실 건가유우?"

"……?"

나는 무슨 말인지 뜻을 몰라 시아버지를 보다가 장사를 바라보았다. 그러자 닭 장사는 닭발을 흔들어 보이면서 함께 넣어 주냐는 시늉을 했다.

"아, 네 주세요."

그 후, 나는 닭을 먹을 때면 "닭발 모가지"라는 말이 떠오르면서 웃음을 참지 못한다.

5. 새내기 선생의 추억

나는 지금도 나의 십 대를 보낸 상명여학교의 교훈을 외우고 있다. 상명의 교훈은,

1. 참된 여성이 되자.

2. 슬기로운 여성이 되자.

3. 지혜로운 여성이 되자.

4, 깨끗한 여성이 되자.

5. 씩씩한 여성이 되자.

6. 아름다운 여성이 되자.

이렇게 여섯 가지인데, 좀 길긴 해도 여성이 갖춰야 하는 덕목을 다 제시한 교훈이라는 생각이 든다.

그리고 경기고, 인천여고, 제물포고교 교훈도 뇌리에 저장되어 있어서 누가 묻는다면 곧바로 답할 수 있다.

경기고는 '1. 평화인, 2. 문화인, 3. 자유인', 인천여고는 '정직', 제물포고교는 '소금이 되어라'이다.

신사임당상을 받은 상명대학교의 방정복 교수(배상명 따님)는 슈퍼 우먼의 조건은 '여성은 여성다워야 한다'는 것이며 생활의 중심은 어디까지나 가정에 있다는 것을 강조했다.

나는 중·고교와 대학의 10년간을 상명 울타리에서 보내면서 참되고 슬기롭고 지혜로우며 깨끗, 씩씩, 아름다운 여성의 덕목을 얼마나 익혔는지 알 수는 없다.

그리고 다시금 제자를 가르치는 교사가 되어 교정에서 숨 쉬면서 이 덕목을 아이들에게 심어주기 위해 나름의 노력은 했다.

38년간의 교사 생활 중 여학교에서 보낸 시간이 많다.

영종에 이어 인천의 첫 부임지가 북인천여중으로 여학생들만 있는 학교였다. 그리고 이 학교에서 미술 교사로는 흔치 않게 담임을 맡았으므로 당시 나의 각오는 남달랐지만 돌이켜보니 의욕이 앞서 제대로 잘 했는지에 대해서는 고개가 갸우뚱해지기도 한다.

첫 담임을 맡아 우리 반 아이들의 가정생활을 살펴보다가 한 아이가 눈에 띄었다.

고아원에서 살고 있는 영실이를 발견하자마자 내 가슴속이 뜨끔 해왔다. 어떤 사정으로 부모와 떨어져 고아원에서 살 수밖에 없는지 그 사정은 모르겠으나 그 아이가 너무 가여워졌다.

나는 어릴 때 엄마가 나보다 한 살 위 오빠를 더 애지중지한다는 이유로 끄떡하면 울었다. 혹시 내가 다리 밑에서 주워온 고아는 아닐까 오해하면서 혼자 얼마나 울었으면 "울보"라는 별명까지 얻었을까?

나중에 부모님이 나를 엄청 사랑한다는 것을 알고는 안심했지만 나는 유년 시절 나만의 서러움을 너무도 잘 알기에 진짜 고아인 영실이가 더욱 애잔하게 다가왔다.

나는 일단 내 월급의 십 분의 일을 영실이에게 주기로 하고 부평보육원 원장과 의논해 그곳으로 보냈다. 그 일이 그 애에게 얼마나 혜택이 가고 위로가 될지는 알 수 없으나 내 마음은 어느 정도 위로가 되었는데 나는 영실이가 중학교를 졸업할 때까지 마음의 위로를 했다.

북인천여중에 있을 때 나에게는 많은 일이 벌어졌다.

열정이 가득한 새내기 선생인 내가 화가로서 그룹전을 하고 이어 결혼, 출산까지 했다. 교사 초창기 시절에는 제자를 아끼고 살펴야 한다는 생각이 가득해 때로는 스트레스가 생기기도 했다. 그리고 삶의 의욕 또한 가득해서, 그림이면 그림, 살림이면 살림을 잘 해보려고 노력을 하느라 힘이 들어간 세월이었다.

주어진 일을 다 잘해야 한다는 삶의 숙제가 나를 일으켜 세워주었다. 게으름도 부지런함도 나름의 습관에 속한다면 제2의 천성이라는 습관이 부지런함 쪽으로 몸에 밴 것은 고맙고 감사한 일이다.

또 그때는 영종도의 영종 제자들 소식을 듣거나 만나게 되면 가만 있지를 못했다. 특히 진학의 문제는 열심을 냈다.

나는 영종 제자들이 그곳에서 상급 학교를 가기보다 인천으로 나와 자기 기량을 펼치는 게 좋다는 생각을 했던 것이다. 영종에는 내가 떠나오기 전에 배지와 교복 도안을 해준, 막 생긴 영종상고가 있었지만 나는 인문고의 교육을 받으면서 폭넓게 자기 진로를 찾아야 한다고 생각했던 것이다. 그랬으므로 나는 영종 제자들을 만나거나 문의를 해오면 인천 학교에 올 수 있는 안내를 하는 일이 생겼다.

나는 영종중학교에서 3년간 우등상을 탄 계재덕이 인문고에 진학하기를 바랐다. 그 역시 인천으로 나오기를 원했는데, 그만 시기를 넘기고 말아 선택해야 하는 학교가 없었다. 나는 그때 막 설립이 된 선인재단의 고등학교가 생각났다. 알아보니 입학이 가능했다.

"재덕아, 선인고교는 가능해. 새로 생겨서 여지가 있어. 빨리 서류를 내자."

우리는 서둘러 서류를 준비했고 마침내 입학허가를 받게 되었다.

그는 고교에서도 우등생으로 졸업하고 다시 인하대학교 졸업 후 공무원이 되어 인천 중구 부구청장을 역임하고 정년을 맞았고 지금까지 나와 만남을 가지고 있다.

또 영종 중 김양래는 잊을 수 없다. 기술을 익혀 중장비 계통에서는 알아주는 기술자가 된 것이다.

나는 그의 성실함에 감동했다.

"성실하면 밥은 해결된다!"

내가 양래에게서 새삼 깨달은 교훈이다.

나는 그 성실한 제자를 위해 진천 시댁에 연락해 마땅한 처자를 부탁했다. 시어머니는 심지가 굳고 부지런해서 잘 살 거라는 믿음이 있는 진천 처자를 소개해주었다.

양래는 내가 소개한 진천 아가씨와 혼인했고 두 아들을 낳고 남편 일을 도우면서 아주 잘 살고 있다.

양래 아내와는 가끔 전화하고 서로의 집 대소사에도 참석하는 친척 같은 사이가 되엇다.

새내기 선생 시절의 에피소드 하나.

75년도 인천여고 시절의 이야기이다. 그해 여름방학에 나는 미술부 학생 열 명과 함께 영종으로 스케치 여행을 떠났다.

우리들은 김밥, 샌드위치 등 먹거리를 잔뜩 장만해 배를 타고 영종도에 도착했다.

"애들아, 여기가 내 첫 부임지여선지 꼭 고향 집에 온 것 같구나."

그러면서 나는 그때 제자들과 다니던 바닷가, 산등성이를 안내하면서 고동을 잡고 요들송을 부르던 추억을 들려주었다.

"선생님, 마치 메기의 추억 같아요."

한 학생의 말에,

"그렇지? 선생이라면 섬마을 선생을 한 번은 해볼 필요가 있을 것 같아…."

라고 했다.

우리는 용화사 절 근처에 자리를 잡았다.

"이 도시락을 주지 스님께 드리고 오너라."

나는 김밥과 샌드위치가 든 도시락을 학생에게 주면서 말했다.

용화사 주지 스님은 대처승으로 영종 제자의 아버지다. 그런 연유로 나는 가끔씩 용화사에서 스케치를 하기도 하고 절에 가면 인사를 하고 예불을 드린 적도 있었던 것이다.

잠시 후 도시락을 가져갔던 제자가 입이 뾰로통해져서 돌아왔다.

"안 드신대요."

"왜 싫다 하실까?"

"참치가 들어가서 드실 수가 없대요."

"참, 스님은 고기, 생선을 드시지 않는데 깜빡했네…"

"선생님, 근데요, 스님이 쌔가 빠지게 이고 온 쌀을 받으신대요…."

'쌔빠지다'라는 말은 혀가 빠지도록 힘들게 들고 왔다는 영종의 사투리다.

"쌔가 빠지게!?"

"하하하…."

"스님 때문에 부처님이 샌드위치 맛은 보실 기회를 놓치셨네. 선생님, 그렇죠?"

"그러네."

우리는 스님이 드시지 않은 김밥, 샌드위치를 맘껏 먹으면서 스케치를 하고 요들송을 부르면서 영종이 떠나가도록 즐겁게 보냈다.

나중에 엄마에게 그 이야기를 했더니 한 말씀 하셨다.

"…학생들이 얼마나 무안했겠느냐? 나중에 절에 온 보살이나 관광객 주면 좋았을 텐데, 요량이 없는 거 보니 큰 스님은 아니다!"

그래도 엄마가 땡초구나! 하시지 않은 건 다행이었다.

70년대의 미술반을 특공대반이라고 불리기도 했던

인천여고 미술반이 그리워진다.

제자 송명숙과 함께

6. 아주 특별했던 미술반 풍경

　미술반은 말 그대로 미술을 좋아하는 학생들이 모인 미술 취미생들의 특활반으로 이곳에서 화가들이 배출되기도 한다. 그러므로 미술반은 예비 화가의 산실로 분위기는 산만한듯하면서도 낭만과 끼가 흘러넘치는 반이라 할 수 있다.

　나 역시 데생을 위해 로댕의 생각하는 사람, 베토벤의 흉상과 이젤 등 미술도구가 가득한 미술반에서 화가의 꿈을 키웠고 이건걸 미술 선생님을 만남으로써 한국화가가 되었다.

　그런 선생님의 지도를 받고 교사가 된 나는 당연히 미술을 좋아하는 제자들이 화가, 혹은 그 계통의 일을 하는 전문인들, 미래의 화가가 탄생되는 산실을 만들어 나가야 하는 의무와 책임이 있다. 특히 여중 교사를 마감하고 74년 인천여고 교사로 발령받고서 나는 미술 교사로서 더욱 옷깃을 여며야 했다.

고교에서는 미대를 가고자 하는 학생들이 있어 기술적인 공부뿐만 아니라 미술인성교육을 겸하는 등 입시교육을 겸해야 하는 것이다.

나는 사람을 그리지만 사람의 마음을 그리고, 자연, 풍경을 그리지만 자연의 마음을 그려야 한다는 것을 가르치기 위해 야외 스케치, 방학이면 스케치 여행을 하면서 미술 교사로서의 자세를 가다듬었다.

선생은 학생들의 표정, 특히 눈빛을 보면 그 학생의 기질을 엿볼 수 있다. 처음 고1을 맡고 교실에 들어가 데생을 하는 학생들을 보노라면 미술반에 들어오면 좋겠다는 학생이 눈에 들어온다.

미술반에서 연을 쌓아 지금까지 만나는 학생 중 송명숙이 그런 학생에 속한다.

명숙이는 눈동자가 살아 있는 예쁜 소녀였다. 그리고 그림을 그리는 자세가 똑바르고 흐트러짐이 없어 처음부터 이름과 얼굴이 외워졌다.

나는 몇 번을 눈여겨보다가 명숙에게 말했다.

"송명숙, 미술반으로 와주겠니?"

그렇게 해서 명숙은 미술반 학생이 되었고 부지런해서 내가 반장으로 뽑았다.

그즈음은 미술반에서는 크고 작은 포스터를 만드는 일이 많아졌다.

당시의 사회 분위기가 학교에서도 이어진 탓이다. 그 이유는 70년대 들어서면서 김신조 등 간첩이 남한으로 넘어오는 일이 발생하자 문교부는 학교에 반공교육을 더욱 열성적으로 가르치도록 했는데, 미술반은 그 교육의 중심에 있었다. 왜냐하면 반공교육은 표어, 포스터를 만드는 일이 거의 전부라 해도 틀리지 않기 때문이다.

6·25를 앞두고 있을 때는 포스터 경연 대회뿐만 아니라 학교 체육관 앞이나 정문 등에 포스터를 부쳐야 했다. 그럴 때는 전지종이, 스티로폼 등으로 포스터 제작을 해야 하기 때문에 아이들은 중노동에 가까운 작업을 해야 했다.

명숙이는 스스로 열심히 솔선수범으로 반 아이들을 통솔해주어 우리 학교 포스터나 표어 제작은 다른 학교보다 잘한다는 평을 받았고 교장 선생님은 우리 미술반을 칭찬해주었다.

나는 인천여고 2년 차인 76년에 딸 유경을 낳아 육아 휴가를 하게 되어 명숙에게 미술반을 잘 해달라는 부탁을 하고 육아 휴가에 들어갔다.

얼마쯤 시간이 간 어느 날, 명숙이 우리 집을 찾아왔다.

"선생니임….."

명숙은 나를 보자마자 눈물을 글썽이면서 무슨 말을 하려는 듯하다가 내가 보고 싶어서 잠시 들렀다는 말만 하고 돌아갔다. 나는 미술반에 무슨 일이 있었다는 걸 눈치챘지만 참견할 일은 아니었다.

나는 휴가를 끝내고 학교로 돌아갔을 때

"명숙아, 많이 힘들었겠구나. 미안하다."

라고만 하고 다른 선생님과의 일은 묻기로 했다.

미술반은 또 졸업, 입학식에 거는 플래카드도 만들어야 했다. 그런 일로 미술 특활반 아이들은 하지 않아도 되는 수고를 해야 했다. 그런 작업을 할 때는 마치 간판이나 영화관 포스터 만드는 작업장이 되기도 했으니 꾀가 있는 학생들은 무슨 핑계를 대고서라도 빠지는데 명숙이는 말없이 그 아이 몫을 해냈다.

반장이라는 임무가 있어서이기도 하겠지만 명숙이는 그런 임무가 아니라도 열심히 할 사람이었다.

"우린 미술반 학생들이 아니라 포스터 만드는 특공대 같아요."

누군가가 그렇게 말해서 웃었던 기억이 있는데, 포스터 전시회가 있을 때는 인천여고가 단연 으뜸이었다.

그 덕에 올라가는 것은 미술 담당 교사다.

"이번에도 교육감 선생님이 우리 학교 포스터가 최고라고 칭찬하셨다고 교장 선생님이 아주 기뻐하시면서 자장면 사주라고 하셨으니 우리 차이나타운으로 가자!"

이런 일이 반복되면서 인천여고 미술반은 유명해졌다.

3년이 지나 명숙이는 졸업하고 우리는 헤어졌다.

그런데 명숙과는 만남이 이어지게 되었다. 명숙이 스승의 날이나 명절이면 나를 찾아왔기 때문이었다.

열두 살 아래 띠동갑 명숙과는 사회에서 만나면 선후배가 되는데, 그 인연이 지금도 이어지면서 나는 세 번이나 발령받아 근무하게 되었던 인천여고 소식을 지금도 듣게 된다. 송명숙이 인천여고 총 동창회 일을 하고 있기 때문이다.

"인천여고, 미술반 송명숙."

내가 세 번이나 인천여고를 근무한 인연 저 너머에는 송명숙이라는 제자가 있었던 것은 아닐까, 하는 생각을 해보게 된다.

그리고 70년대의 미술반을 특공대반이라고 불리기도 했던 인천여고 미술반이 그리워진다.

老樹葉雨浮嵐翠欲流
仙

나는 사람을 그리지만

사람의 마음을 그리고

자연, 풍경을 그리지만

자연의 마음을 그려야 한다는 것을 가르치기 위해

야외 스케치, 방학이면 스케치 여행을 하면서

미술교사로서의 자세를 가다듬었다.

제 3 장

열
정
의
꿈

1. 배경숙 법대 여교수의 꿈과 일륜회

나는 결혼생활에서의 아내와 엄마, 그리고 교사의 임무를 무리 없이 해나가면서 그림을 그리는 화가의 길도 걷고 있었다.

72년 인천미술협회에 가입한 후 그룹전에 참여하고 그 전에 가입했던 청토회와 상명동창화가들의 모임인 자우회(후에 상명전)에도 작품을 출품했으니 활발하게 잘 살고 있는 셈이었다.

그렇게 70년대 후반부를 맞게 되었을 때 당시 인하대학교 법학과 배경숙 교수를 만나게 되었다.

배경숙 교수(1930년생, 인하대 법학전문대학원 명예교수)는 인천이 낳은 세계적인 법학자이다. 이 글을 쓰고 있는 2022년 6월, 배 명예교수님은 평생 모아온 법학 도서 4천여 점을 인하대 정석학술정보관에 기증했는데, 이 자리에 교수님은 노환으로 참석하지 못하고 대신 조카인 배준영 국회의원이 감사패를 받았다.

배 교수는 세계여성법률가회 부회장, 한국가족법학회 회장, 아시아 여성법학연구소 소장을 역임했으며, 현재는 대한가정법률복지상담원 이사장으로 있다. 배 교수는 평생 남녀평등을 위한 가족법 개정에 선도적 역할을 하고 한국여성법률연구소를 설립해 남녀평등 실현과 여성 발전에 기여한 공로로 국민훈장 석류장을 수여받았다.

배경숙 교수님이 법학자로서 여성 인권에 대해 특별히 열정을 바치신 데에는 27세로 요절하신 시인 배인철(1920-1947) 오빠의 영향이 있다.

배인철 시인은 인천제일공립보통학교(창영초교)와 중앙고보를 졸업한 뒤 일본 대학 영문과를 수학하고 인천중학교 영어교사를 하시면서 1945년에 신예술가협회를 창설했다. 그 후 배인철 신예술가협회 대표는 만석동 미군 부대에 드나들게 되고 흑인 병사들과 교류하면서 흑인문학에 심취해 흑인 여성 유리아, 흑인 권투선수에게 바치는 헌시를 발표하면서 문단에 데뷔했다.

배경숙 교수는 오빠가 늘 보던 책에서 첫 머리글 "모든 인간은 동등하게 창조됐다"가 아직도 선명하게 기억난다면서 자신이 법학을 전공하게 된 동기에 대해 말하기도 했다.

배인철 시인은 흑인을 위한 다섯 편의 시를 썼는데, 돌아간 후에 조병화 시인이 1963년 2월에, 현대문학에 소개하면서 널리 알려지게 되었다.

요절한 시인 오빠의 인권 사랑을 그대로 이어받아서인지 배경숙 교수는 특히 여성 인권에 관심이 많았고 그 관심이 70년대 후반에 고향 인천에서 '일륜회'를 탄생시킨 동기가 되었다.

일륜회는 여성들의 이름을 찾아주자는 취지가 담겨 있다. 그 당시 인천뿐만이 아니라 대한민국의 여성들은 이름이 있음에도 누구의 딸, 누구의 아내, 누구의 엄마로 불리는 일이 많았다.

"이름이 다 있는데, 아무개의 아내, 엄마로 부르는 것은 잘못됐지요. 우리 회원들은 모두 이름을 부르고 예술 활동, 문화 활동을 하는 여성들을 도와주는 일을 합시다."

일륜회 회원으로는 조애진 육아방송 회장 등 인천 명문가 배경숙 교수의 집안사람들과 그와 연관된 분들로 대부분 저명한 분들의 아내, 엄마나 장모였다. 일륜회 초창기 회원으로 이승만 대통령 며느리인 조혜자 여사도 계셨다.

그러나 대부분은 장관 사위를 두신 분, 국회의원 부인 등이 회원이었는데, 대체적으로 그분들은 누구의 사모님, 누구의 장모 등으로 불리다가 일륜회에서 자신의 이름을 찾게 되었다.

나는 배 교수님으로부터 함께 하자는 권유를 받았을 때 잠시 망설였다. 대부분 부유한 저명인사의 사모님들이어서 망설였지만 젊고 의욕에 가득 찬 법학자의 모습이 존경스럽고 또한 여성의 이름을 찾자는 취지가 좋아 일륜회에 들어가게 되었다.

나와 함께 들어간 예술가로는 서예가 강현주, 한국화가 정근화 등이 있었다.

배경숙 교수의 여성 인권 옹호가 남녀평등사상을 심어주는 데 큰 역할을 했다고 믿는다. 평생 독신으로 법학자의 길을 걸으면서 여성 인권을 위해 헌신한 배 교수님은 세계적인 석학으로 존경을 받고 계신 인천의 자랑이다.

일륜회는 그동안 많은 일을 해왔다. 인천시향을 도와 그들이 발표회를 갖도록 격려하고 보이지 않는 곳에도 후원을 해오고 있으며, 지금도 도움을 줄 수 있는 여력의 회비가 있는 것으로 알고 있다.

2. 젊은 화가는 열정으로 산다

70년대는 나에게 많은 일이 벌어졌다. 70년도에 섬마을 선생으로 교사가 되었고, 결혼으로 아들과 딸을 낳아 엄마가 되었으며 화가로서도 입지가 넓어졌다.

졸업하면서 상명전(자우회) 회원으로 작품을 출품하다가 인천미술협회 회원이 되어 그룹전에 참여하고 79년 일수회(한국화 남녀) 창립전 회원으로 작품을 전시하게 되었다.

예술가들에게는 작품을 발표할 기회가 주어져야 하는데, 화가에게는 전시회가 그 역할을 해준다.

당시 인천에는 화가들로 구성된 단체가 적었다. 미대를 나오고 미술 교사가 된 예비 화가가 화가로 발돋움하기 위해서는 발표 무대가 있어야 한다. 그러기 위해서는 단체의 그룹전이 필요한데, 단체가 한두 개뿐이니 발표할 기회가 거의 없었다.

나는 미술 교사 생활과 화가로서의 활동 10년을 보내고 80년대를 맞으면서 그림을 전공한 선후배들과 뜻을 모으기로 했다. 그렇게 해서 탄생한 모임이 '인천중등미술교사전'으로, 1982년 창립전(인천 수봉공원 전시장)을 한 이후 정기적으로 그룹 전시회를 가졌으며, 이 모임은 이 2009년까지 이어졌다.

또 그 해 만든 '인천여성작가회'는 큰 의미를 갖는다. 이 작가회는 서양화, 동양화가를 가리지 않고 인천에 있는 여성화가 모두가 뜻을 함께했고, 작가회(회장 김옥순)는 82년 5월 이당기념관(인천 중구 송학동 3가 5)에서 창립전을 가져 큰 호응을 얻었다.

이듬해 83년 인천여성작가회는 2회 그룹 전시회를 가졌고, 나는 이때 부회장이 되었다.

"미술책에 나오는 화가의 나라는 다 가보도록 합시다."

"해외 스케치 여행은 필수 아닙니까?"

인천여성작가회는 방학이면 국내 스케치 여행을 하다가 미술책에 나오는 나라에 가보기로 하고 해외 스케치 여행을 준비했다. 1988년 서울올림픽 대회가 성공적으로 치러지면서 한국의 위상이 세계로 널리 알려지고 경제도 좋아지면서 해외 여행이 많아지면서 패키지여행을 주선하는 여행사도 늘어났다.

우리는 유럽 스케치 여행을 본격적으로 준비했다. 네덜란드, 영국, 프랑스, 스위스, 이탈리아, 그리스, 이집트 등을 한 달동안 스케치를 하면서 여행하는 일정을 잡고 화가의 고향과의 깊은 연관성에 대한 공부를 할 수 있는 계획표를 짰다.

인천여성작가회 회원 김옥순, 오영애, 송덕성, 정정숙, 박인숙, 이석연, 윤병순, 권경애, 이희성, 오정숙, 홍은경, 서형신, 김정희, 박희자, 손한희, 채광희, 최면자, 김숙희 등 18명이 마침내 8월 한 달간의 해외 스케치 여행을 시작했다.

렘브란트의 고향, 네덜란드를 시작으로 우리의 긴 여정은 시작되었다. 혼자라면 힘들 수도 있었던 유럽 여정이 그림이라는 길을 함께 걷는 동반자들이어서 즐겁고 행복한 탄성을 지를 수 있는, 고단하지만 행복한 여정이 되었다. 고흐가 그림을 그렸던 곳부터 미술책에서 만난 화가가 그 유명한 그림을 그렸을 시절의 장소를 보면서 우리는 즐겁고 힘들고 보람 가득한 스케치 여행을 이어나갔다. 처음 해보는 긴 여행 속에 우리의 짐은 많아졌다.

돌아오는 길에 걸프전이 발발했다. 그리고 걸프전의 불똥이 우리들에게도 떨어져, 돌아오는 길인 필리핀 공항에서 여정에는 없는 하룻밤을 보내면서 우리는 무사히 귀국할 수 있기를 빌었다.

그 후에도 인천 화가들의 해외 스케치 여행은 거의 해마다 이어졌고 전시회도 활발하게 열렸으니 여행과 그룹 전시회는 화가들에게 그림 그리는 에너지의 원천이 되어주었다.

그 시절을 돌아보니 초등학생이던 원근과 유경을 아빠와 할머니에게 맡겼던 일이 마음에 걸린다. 그럼에도 해외 스케치 여행은 나에게 많은 에너지를 주었다. 화가에게 안목을 넓힌다는 일은 또 하나의 공부며 훌륭한 학습이 되어준다.

여행을 아주 좋아하는 어느 여류작가가 말했다.

"…여행의 양이 인생의 양이군요."

일상을 떠나 자기만의 세계 속에 잠기면서 시야를 넓힐 수 있는 여행이 좋은 것은 누구나 안다. 그러나 주어진 일 속에서 며칠이라도 떠날 수 있다는 게 여러 면에서 쉽지는 않다. 시간, 돈, 건강 등등.

교사여서 방학이 있다는 것, 같은 길을 가는 동료 화가들이 있어 화가 임정 오영애의 젊은 날은 아름답고 알찼다.

우리들의 여행은 계속되었고 행복한 추억도 쌓여갔는데 그중 영화 같은 사연도 있다. 그 일은 제5차 예술나누기 프로젝트 전시를 주재하는 모스크바에서였다.

우리는 러시아 한국학교 회원 30여 명과 만나 점심을 먹는 일정을 가졌다. 우리와 함께 여행에 동행한 여행사 직원은 우리들을 위해 멋진 장소를 물색해뒀다. 그곳은 러시아 귀족의 옛 저택으로, 특별한 관광객들을 위해 빌려주기도 하는 곳이었다.

우리는 제정 러시아 시대의 귀족이 되어 점심을 먹었는데, 깜짝 이벤트는 그 직후에 벌어졌다. 흰색 그랜드 피아노를 향해 붉은 드레스를 입은 러시아 여인이 가더니 피아노 앞에 앉았다. 뚱뚱한 몸매의 우아한 70세 러시아 여인은 앉더니 <그리운 금강산>을 연주하는 것이

임정 인생 에세이/오영애의 삶·일·꿈

었다. 그녀는 <그리운 금강산>(작사 한상억, 작곡 최영섭)을 만든 사람이 인천 사람이라는 것을 알고서 이 곡을 치는 것인지는 알 수 없었지만 우리들의 감동은 박수로 이어졌다.

내가 피아노 곁으로 다가갔다. 오영애가 누구인가. 노래라면 청하지 않아도 부르는 음악 애호가 아닌가.

내가 노래를 부르기 시작하니 러시아 여인이 다시 피아노를 치기 시작했다.

그리운 금강산

1. 누구의 주제련가 맑고 고운 산
   그리운 이 컨봉 말은 없어도
   이제야 자유만민 옷깃 여미며
   그 이름 다시 부를 우리 금강산
2. 비로봉 그 봉우리 이대로 있나
   흰 구름 솔바람도 무심히 가나
   발아래 산해만리 보이지 마라
   우리다 맺힌 슬픔 풀릴때까지
   우리다 맺힌 슬픔 풀릴때까지

후렴. 수수만년 아름다운 산 못가본지 그 몇 해
   오늘이야 찾을 날 왔나 금강산을 부른다.

내가 부르자 모두들 따라 부르기 시작했다.

우리들이 부르는 금강산이 모스크바에 울려 퍼지고 백두산을 넘어 가 금강산에 닿을 수 있을까. 우리들은 목청껏 불렀다.

어느새 우리들의 눈가엔 물기가 돌았고 뺨으로 흘러내리는 사람 들도 있었다. 그 즉흥 음악회는 시간이 흘러도 퇴색하지 않고 더 새 로워지면서 그리운 금강산은 인천 화가들에게는 잊을 수 없는 곡이 되었다.

화가에게 안목을 넓힌다는 일은

또 하나의 공부며 훌륭한 학습이 되어준다.

유럽스케치 여행

3. 화가는 그림으로 말한다

내가 첫 개인전을 연 것은 인일여고 교사로 재임하던 1984년 10월 인천 공보관에서였다. 그동안 그렸던 영종도의 봄, 진천 시댁 가는 길, 백두산 등 내가 보았던 자연을 그린 작품이 대부분이었다.

나는 개인전에 부치는 말을 썼는데, 그림 그리는 일보다 글 쓰는 일이 힘들었다.

(개인전에 부쳐)

난 항상 감사하는 마음으로 붓을 든다. 이번의 감사는 작년 8월 열흘간 다녀온 중국 여행에서 백두산 정경을 맛볼 수 있었음에 대한 감사이다.

그 백두산은 어느 구석이든지 숨 쉬고 있음을 확인할 수 있는 곳, 앉고 서고 그리고 걷기도 하면서 "내가 왔구나" 하는 감격에 가슴까지 두근거리는 "내가 살아 있다"라는 확인.

백두산 가는 길은 마치 충청도를 연상케 하는 긴 흙길들 그사이를 빽빽하게 들어 채운 정감까지 느끼게 하는 소나무 숲들,

그 밑에서 자연스럽게 자라나고 있는 어린 풀들, 그리고 자연의 위력 앞에 서 있는 웅장한 바위, 그 부분이라도 당당하게 드러낼 수밖에 없는 자연의 경외감, 흐르는 세월을 상징하고 급변하는 현대를 예견한 듯 용솟음치며 솟구치는 물,

특히 잊을 수 없는 것은 귀가 먹먹하도록 소리 내며 하늘에서 쏟아지는 송하강의 발원지 장백폭포!

그 아래 무한히 펼쳐지는 대자연을 그리고 그 감동을…,

숭고한 자연의 미, 도인 같은 의젓한 정경,

이 감동만큼은 빨리 누군가에게 전하고 싶었다. 성급하지만 뛰는 가슴 가다듬어 화폭에 담았으니 부디 오셔서 덕으로 감싸주었으면 하는 마음 하늘이다.

1980년 첫 전시회는 성황리에 끝났다. 그림이 팔려서, 부끄럽지만 행복했던 첫 전시회였다.

그때 나는 스스로에게 약속하고 기자에게도 말했던 각오가 있다. 그건 4년마다 한 번은 개인전을 열겠다는 것이었다. 그 후 4년마다라는 약속은 그대로 지켜지지 못했지만, 그동안 12번의 개인전(초대전 포함)을 했으니 거의 지켜진 셈이다.

80년대를 지나 90년대 그리고 이천 년대로 시간이 흐르면서 한국화에 대한 관심이 낮아지고 있으므로 나는 개인전과 그룹전에 빠지

지 않고 그림을 출품하면서 한국화의 진정한 멋을 알려주려는 노력을 해왔다.

　내 전시회 팜플릿에 대학교 스승이신 지순임 교수님이 써주신 글이 있는데, 나를 잘 표현해주셔서 읽고 또 읽어보면서 본받고자 하는 글이 되었다.

　'임정 오영애는 대학에서 동양화를 전공한 후 중등교육현장에서 30여 년이 넘도록 오로지 본인의 작품세계에 몰두하여 한결같이 작품 활동을 해 온 작가이다.

　따라서 작품 활동 범위도 인천 지역을 크게 벗어나지 않으면서 남달리 자연에 대한 애착을 지니고 산수 자연을 사생하였다. 또한 이에 대한 아름다움을 자기 나름대로 재발견하고 우리나라 강산의 맑고 아름다운 정취를 꾸밈없는 마음으로 충실하게 표현해오고 있다.

　이렇게 그림으로 나타내어진 작가의 작품에서는 그동안 각고의 노력으로 쌓아온 착실한 기량과 전통적 맥락을 이어가려는 노력, 그리고 지금에 안주하지 않고 표현의 현대성을 찾아 소화시키려는 진지한 작품 제작 태도를 엿볼 수 있다.

　무릇 자연에는 순수함이 있고 이 순수 속에는 진실이 담겨 있으며 회화예술에는 바로 이 진실이 담겨 있어야 하는데, 이 작가의 그림 속에는 이러한 속기 없는 진실성을 발견할 수 있어 예술적 의미와 함께 보는 이들에게 친밀감을 느끼게 한다.

이것은 그녀가 작품을 제작할 때 어떤 형식이나 기교를 앞세우지 않고 작가의 수묵 정신에 입각한 진솔한 마음이 뜨거운 흥취와 자연스럽게 조화된 때문이다. 그래서 작품이 물 흐르듯 무리가 없고 화선지 위에서 펼쳐지는 담묵, 담채의 기법은 담담한 동양적인 자연의 멋이 깃들여져 있는 것이다.

특히 필법 속에서 많이 발견되는 헝클어진 듯한 갈필의 붓놀림은 풍부한 작가의 감성이 자유분방하게 드러난 것으로 보이며, 이것은 무기교의 기교, 구수한 맛의 한국적 미 특질이 느껴지는 붓놀림으로 오히려 시적인 조형력을 보이기까지 한다.'

나는 기자들과 관람객이 내 그림에 대해 물어오면 이렇게 말하곤 했다.

"우리 수묵화는 대개 여러 가지 화려한 색채를 쓰는 서양화와는 달리, 먹 하나로 모든 것을 처리한다는 점에 그 오묘함과 깊이가 있지요."

개인전에 온 학생들이 내 그림에 대해 이런 말을 했다.

"선생님, 가보지 않았지만 꼭 가본 곳같이 친근하게 느껴져요."

"…우리는 한국 사람이기에 자연에 대한 느낌이 비슷하지…. 그리고 공감대를 함께 공유할 수 있도록 해주는 게 그림의 매력이란다…."

대한민국 곳곳을 다닐수록 나는 풀 한 포기, 나무 잎사귀 하나에서도 소중함이 느껴졌다.

자연은 나의 진정한 스승이다.

전시를 했던 초기 작품을 보고 어느 평론가가,

"임정은 이 그림에서 자연은 나의 인생이다, 라는 그의 삶을 표현한다. 담묵으로 시작하여 공간감을 부여하면서 섬세하고 잔잔하지만 힘 있는 표현으로 담묵과 담채의 조화로움으로 섬세한 분위기를 더해준다"라고 썼다.

내가 개인전의 횟수를 늘려갈수록 이런 평은 더해졌다.

"풍경의 불필요한 살들을 버리고 힘차고 대담한 필치와 농묵 위에 부드러운 담채의 마무리는 오영애 화가의 작품에서 볼 수 있는 특징이다. 자연을 바라보는 작가의 포용력과 큰 기개가 느껴진다."

나는 하루에 네 시간을 자면서 전시회가 있든 없든 하루에 한 시간 이상은 화폭 앞에 앉아 있으려고 애썼다.

모든 일이 다 그렇겠지만 그림도 그리면 그릴수록 "아! 이거야! 이젠 됐어"라는 말은 나오지 않는다. 스케치 여행을 다니면서 자연을 만나면 만날수록 자연의 속살에 대한 느낌 앞에 숙연해지곤 한다.

1회 개인전

어느 평론가는 내 그림 <추설악>에 대해 이런 평을 해주었다.

"일찍이 능호관 이인상은 산수화를 보는 데 두 가지 방법이 있으니 하나는 그 즐거움을 아는 것이고 또 하나는 그 품격을 아는 것이라고 했다. 임정은 과감한 먹의 농담과 갈필의 맛으로 가을 설악의 정취를 느끼게 한다. 임정만의 실경산수 품격을 유감없이 발휘하였다."

그분은 내가 앞으로 더 잘 그리라는 격려를 담아 추켜세워 주었을 것이다.

내가 자연의 즐거움을 느끼고 있으니 내 그림에서도 즐거움이 느껴질 수는 있겠지만 어찌 품격이 유감없이 발휘되었을까?

내가 살아 있는 동안 내 그림 감상자가 자연의 품격을 느낄 수 있는 그림을 그려 한국화의 품격을 높이는 게 나의 꿈이다.

내가 열두 번의 개인전을 가지면서 영광스러웠던 일은 대만에서의 초대전과 일본에서 두 번의 초대전 그리고 미국에서의 동호인전, 그룹전을 가지면서의 그들의 반응이다.

그들이 한국화에 대해서 놀라워하면서 극찬을 해주었을 때 한국화가 한국이 자랑하는 품목의 예술이 되었다는 생각이 들었던 것이다.

나는 우리나라 한국화가가 앞으로 더욱 해외에서 초대를 받아 개인전을 열어 많은 외국인이 한국화를 즐기는 날이 오기를 소망해 본다.

임정은 이 그림에서 자연은 나의 인생이다,

라는 그의 삶을 표현한다.

4. 세 번의 일본전시회, 그리고 깜짝 선물

해외 전시회에 담긴 추억은 잊을 수 없다.

1990년 대만 전시회를 시작으로 나의 해외 스케치 여행과 해외전시회가 자주 이루어졌다.

특히 해외전시회에서는 행복한 추억여행이 되기도 했다.

- 원소회의 한중 국제교류전(1992년)
- 일본 동경 유광상, 소단, 임정 3인전(1999년)
- 베트남 하노이 센터(2001년)
- 미주 한인 이민 100주년 기념 하와이 전시(2002년)
- 한중 화가 교류전(원소회 대만전?)
- 중국인민정부 초대전(2007년)
- 제5차 예술나누기 프로젝트 전시(모스크바, 2016년)

특히 1999년 동경에서 3인전을 할 때의 추억은 잊을 수 없다.

동경 전시회장에 나가 있는데, 저만큼에서 눈에 익은 사람이 활짝 웃으면서 다가오고 있었다. 가까이 다가오는 사람은 딸이었다.

"어머! 유경아? 너 어떻게 여기에?"

인천 집에서 잘 다녀오시라는 인사를 받은 일이 엊그제인데 언제 일본에는 왔을까?

"응. 엄마 전시회 축하하려구…. 크크….'

"너 그럼 일본 여행 계획이 있었던 거야?"

"응. 그렇게 됐어….'

나와 함께 전시하는 동료 화가들이 깜짝 선물치곤 최고라면서 나보다 더 즐거워했다.

유경은 엄마의 일본 전시 축하를 위해 그즈음 지인들의 일본 여행에 참여했던 것이다.

"엄마, 축하드려요."

유경은 꽃다발까지 안겨주었다. 유경의 깜짝 등장으로 전시회는 즐겁고 행복했다.

그리고 그 여행에서 딸은 뜻깊은 인연을 쌓게 되었다. 그 여행에서 유경은 남편을 만나게 되었을 뿐만 아니라 훗날 인생 멘토가 되어줄 김태웅 출판사 사장님을 알게 되는 계기가 되었다.

우리는 무엇이 되어 어떻게 만나게 될지 모른다.

일본에서 느닷없이 마주친 유경의 청춘은 내 눈을 부시게 했다.

(…입지전적인 분으로 자신의 저서를 몇 권 가지고 계신 출판사 대표를 알게 되었다. 유경이 자신의 예술세계를 펼쳐나가는 데 멘토가 되어준 분을 만난 것도 이 여행에서이니 일본전시회는 나와 딸에게 특결한 의미가 있다.)

일본 전시는 세 번 했는데, 두 번째 갈 때는 엄마를 모시고 갔다. 엄마는 일제 강점기에 학교를 다니셨으므로 일본 말을 잘 하셨다. 내가 어릴 때 할머니, 아버지, 엄마는 아이들이 들어서는 안 되는 말이라고 생각될 때는 일본 말로 의사소통을 하셨다.

엄마가 일본 말을 잘 하실 뿐만 아니라 일어 실력이 탁월하다는 것을 알게 된 것은 내가 대학 졸업논문을 쓸 때이다. 나는 일어를 번역해야 하는 대목이 있을 때 어릴 때 들은 소리가 있어 엄마에게 부탁을 했다.

"그래? 이리 다우."

하시더니 일어를 단번에 번역을 해주시는 것이었다. 그런 엄마가 일본을 가시고 싶어 했다. 그건 엄마가 평소에 잘 만들어 드시는 모찌(찹쌀떡) 만드는 기계를 사고 싶어서였다.

임정 인생 에세이/오영애의 삶·일·꿈

"모찌떡 만드는 기계는 일본이 만든 게 최고다."

하시면서 늘 그 기계를 사고 싶어 하셨다.

"엄마, 모찌떡 기계 사러 가실래?"

"그래? 내 경비는 내가 내마."

엄마는 당장 짐을 꾸리셨다.

그렇게 해서 두 번째 일본 전시회 때 나는 엄마와 동행했고 찹쌀떡 기계를 사는 소원을 풀어 드렸다.

내가 지금의 쌍용아파트로 이사 온 후 엄마는 같은 아파트 옆 동으로 이사 오셨는데, 그 기계를 사 오신 이후에는 마치 찹쌀떡 장사를 하시는 사람처럼 떡을 만드셨다.

"영애야, 이 서방 아침은 찹쌀떡(모찌) 청국장을 먹도록 하거라."

엄마는 늘 청국장을 띄우시고 떡을 만들어 우리 집은 물론 노인정 이웃들에게도 나눠주었다.

엄마가 미국 아들(영종)네 갈 때는 모찌와 청국장을 만드셔서 우리 집과 노인정에 잔뜩 안겨주었다.

그래서 쌍용아파트 노인정에서 엄마는 "모찌 할머니"로 불렸다.

엄마가 모찌를 잔뜩 안기면 노인정 어르신들은,

"또 미국 가시는구먼."

하셨다.

엄마가 돌아가신 후 바쁘다는 핑계로 엄마한테 해드린 게 없다는 후회 속에서도 엄마를 모시고 일본에 간 일은 많은 위로가 되어 주었다.

내가 유경에게,

"돌아가시고 나니 못한 것만 생각나네." 했더니,

"엄마는 효녀였어. 할머니 외로우시다고 학교에서 할머니 집으로 직행했잖아? 우리는 돌볼 생각도 하지 않고 할머니 집에서 오밤중에 오신 것 알아? 엄마는 할머니한테는 잘하고 우리한테는 잘못했으니 앞으로 우리한테 잘 하셔야 돼!"

하면서 유경이는 그렇게 슬퍼하는 나를 위로해주었다.

어떤 때는 나를 놀리는 건지 진심으로 그러는 건지 나를 향해 이렇게 영탄조로 말했다.

"아아, 나는 누가 키웠을까?"

그럴 때면 나는 웃고 말았는데, 지금 생각하니 이렇게 말해줘야 하는데 그때는 그 생각이 나지 않았다.

"유경아, 네가 이렇게 독립적으로 자라서 똑 부러지게 일 잘하는 것은 어릴 때 너에게 자립심을 길러준 영향 아니겠니? 고마워하라구."

나는 언젠가 꼭 이 말을 해야 하리라 생각하면서 웃고 말았다.

해외 전시회에 담긴 추억은 잊을 수 없다.

딸 유경과 함께

시어머님이 일찍 돌아가셔서 함께 여행을 하지 못한 게 한이 되어 아버님과는 세 번 일본 여행을 다녀왔다.

아버님은 열일곱 살에 1년간 일본 징용에 갔다 오셨는데, 그 일본에 가보고 싶어 하셨다.

한 번은 우리 부부와 아버님과 함께 갔는데, 그때는 히로시마까지는 가지 못해서 다음을 기약했다.

그리고 세 번째는 시아버지, 시동생, 이해연 시누이 나 이렇게 네 사람이 동행했다. 2008년도 4월이었다. 아버님 건강이 좋지 않으셔서 마지막 여행이 될 것이라는 각오로 일본 여행을 하게 되었는데, 시동생이 휠체어를 밀고 가야 하는 힘든 여정이었다.

우리는 부산에서 카페리호를 타고 규슈 항구에 도착했다.

그 여행은 시동생과 시누이의 헌신이 있어서 가능한 여행이었다. 휠체어를 타신 어르신을 모시고 다니는 일은 참으로 피곤할 터인데도 싹싹한 해연 시누이 덕분에 즐거운 효도 여행을 할 수 있었다.

유황 성분이 많아 피부에 좋다는 벳푸 온천의 후끈후끈한 열기. 그리고 삶은 달걀의 맛은 일품이었다.

아버님은 당신이 1년 살면서 징용을 했던 그 시절의 일본 이야기를 많이 하셨다.

"일본인의 생활 태도는 우리가 본받아야 한다. 그때는 전쟁 중이었는데도 전기가 멈추면 한 시간 이내로 불이 들어오도록 장치가 되었으니 일본인들의 치밀함은 배워야 한다…."

내 눈에는 울창한 나무가 눈에 들어왔다. 산이든 들이든 나무가 많았고 잘 관리되고 있어서 그들의 질서정연한 국민성이 자연에서도 느껴졌다.

친정어머니, 시아버님과의 해외 여행은 내가 한 여행 중 으뜸 추억이 되었고 더 많이 모시고 가지 못한 것이 후회가 되었다.

제
4
장

추수의 계절

1. 퇴임, 또 하나의 시작

나는 2008년 인천 고교에서 평교사로 정년 퇴임했는데, 그때 문교부 장관상을 받았다.

1970년 영종도의 영종중학교 섬마을 선생으로 교사 생활을 시작해 북인천여중, 인일여고, 인천여상, 인천여고, 제물포여중, 인천예고를 거쳐 인천고교에서 38년간의 교사 생활의 정점을 찍고 퇴임한 것이다.

38년 동안의 교사 생활 중 아직도 또렷이 기억나는 학교는 첫 부임지 영종중학교이다.

그 시절의 제자들, 특히 전영순이 온갖 집안일 다 하면서도 공부를 잘해 인천에 있는 여고에 입학하기를 바랐지만, 어머니의 뜻에 따라 온갖 궂은일을 하면서 오빠들 공부 뒷바라지를 한 영순은 잊을 수 없다.

북인천여중 시절, 고아원(부평 보육원)에서 살고 있는 제자에게 내 월급의 십 분의 일을 3년간 해준 일은 스스로 생각해도 잘한 일이다.

그리고 마지막 학교였던 인천고교에서도 제자를 위해서도 잘한 일이 있다. 그 당시는 외국어 선택과목이 불어, 독어에서 일어, 중국어로 교체되던 때인데, 승원이는 일어를 전공하고 싶어 했다.

"승원아, 그러려면 일어 공부를 많이 해야 할 거야."

"학원에 다니면 좋을 텐데요…."

승원이가 말끝을 맺지 못하는 것을 보니 학원비를 달라는 형편이 아니라는 생각이 슬며시 들었다.

"승원아, 선생님이 학원비를 대주고 싶거든. 아무한테도 말하지 말고 다녀."

"……."

"네가 원하는 대로 일본에 가서 공부하는 게 선생님에 대한 보답이야. 알았지?"

"……."

"승원아, 부담 갖지 말아."

나는 당시 유명한 배우와 이름이 같은 승원이에게 마음이 쓰였다.

자신이 좋아서 하는 공부는 능률이 오른다. 승원이는 3년간 학원에서 공부해 일본 대학에서 공부할 수 있는 국가고시에 합격해 일본에 가게 되었다.

"장해! 고맙다…."

나는 그의 장도를 축하하면서 그 당시로는 나에게도 거금인 금일봉을 슬쩍 그의 주머니에 넣어주었다. 지금도 승원이는 일본 유수의 기업에 다니면서 잘살고 있으니 그 3년의 학원비 후원은 잘한 일이다.

인천북여중 시절 3년 동안 후원해 준 영실이, 그리고 마지막 학교인 인천고에서의 3년간 학원비 후원.

나의 교사 생활의 시작과 끝에는 3년간 힘든 제자를 도왔다는 일관성이 있어서 나에게는 더 의미가 있다.

나에게 퇴임은 새로운 시작을 의미했다.

내가 제일 먼저 한 일은 나의 화실을 만든 일이었다. 그동안은 학교의 미술반에서 아이들이 돌아간 후의 고요 속에서 그림을 그렸었지만, 퇴임 후는 그 공간을 쓸 수는 없다. 나는 아파트 근처의 상가 2층에 나의 화실(60여 평)을 만들었다. 60을 넘긴 후 정년을 하고 오롯이 나만의 세계를 갖게 된 것이다.

퇴임을 해 가르쳐야 하는 의무가 사라지고 아들과 딸은 결혼해 각자의 길을 가고 있으니 양육의 의무가 없어진 이후의 나만의 세계. 의무와 책임을 벗어나 내가 진실로 원했던 화가의 세계 속에 머물게 된 일은 감사한 일이다.

"아아…, 나는 언제나 그림만 그릴 수 있을까?"

이 소망이 마침내 이루어진 것이다.

나는 의무라는 짐을 덜어내고 화가의 길을 걷는 나만의 세계인 화실에 출근하기 시작했다.

나는 화실에 그림 그리는 데 필요한 도구 외에 풍금, 기타, 우쿨렐레, 하모니카 등등 음악과 관련된 물품을 갖추었다. 그림 그리다가 지루하면 오래되었지만 손때가 묻은 풍금을 치고, 그러다가 싫증 나면 기타를 치고, 또 그 짓도 지루하면 우쿨렐레나 하모니카를 불면 되었다.

나는 영종에서 미술 선생과 음악 선생을 함께하던 그 시절로 돌아가 진정 나만의 공간에서 다시금 미술과 음악을 병행할 수 있는 세계를 구축한 것이다.

나보다 먼저 인하대학교를 정년 퇴임한 남편이 나만의 공간을 축하해주기 위해서 온 자리에서 말했다.

"당신, 정말 수고했어. 이제부터는 당신이 그렇게 원했던 그림만 그리면서 스케치 여행이나 다녀요."

얼마나 고마운 말인가. 남편 이해수는 듣기 좋으라고 그냥 덕담하는 게 아니라 진심으로 그렇게 말해주었다.

"이제부터는 당신과 함께 여행을 다녀야지. 그동안 동료 교사들, 화가들과 다닌 일이 당신한테는 미안했거든."

나는 고맙다고 말하면서 그렇게 말했다. 나는 그 말에 대한 약속을 지켜 그 후 남편과 해외 여행을 열 번 이상 함께 다녔다.

정년 퇴임한 나는 정말 의무를 벗어나 자유를 구가하게 될 줄만 알았다. 한데 또 하나의 책임이 시작되었다. 그건 화가이기에 부여된 과제로 당연히 짊어지고 가야 하는 의무이기도 했다.

자라나는 아이들에게 빛나는 졸업장이 다시 새로운 일의 시작이듯이 환갑을 넘긴 화가에게는 화단에서의 새로운 일이 기다리고 있었다.

그동안에도 나는 화단에서 나름의 책임을 맡고 있었다. 개인전, 그룹전에 참여하고 세월이 흐르면 자연스레 책임 있는 자리를 맡게 된다.

"아아…,

나는 언제나 그림만 그릴 수 있을까?"

임정 인생 에세이/오영애의 삶·일·꿈

나는 인천미술교사전과 인천여성작가전 창립, 인천 남구(미추홀구)미술인 창립에 관여하면서 자연스레 많은 전시회나 단체의 책임을 맡게 되었다. 인천여성작가회에서는 부회장(1983-2000)을, 인천여성작가연합회는 이사장(2000-2003), 인천미술협회인천지부 부회장(2001-2003), 인천여성국제미술비엔날레 자문위원이사(2004), 인천 한국화 대제전 창립 및 운영위원장(2002) 등 크고 작은 화단 일에서 책임자의 자리를 맡아야만 했다.

　"임정 화가, 이 일에는 꼭 일해 주셔야만 합니다. 이번에는 맡아주실 분이 마땅하지 않습니다."

　"오 선생님은 일선 교사셔서 그런지 사람을 잘 다스린다고나 할까요? 힘을 모으시는 저력이 대단하시니 봉사하셔야지요."

　"임정 오영애 화가님만큼 리더십 많은 분이 이사장을 꼭 맡아주셔야 합니다."

　이런저런 말로 부탁을 해오면 거절할 수가 없어, 그동안에도 나는 많은 전시회에서 책임을 지는 일을 맡아야만 했다.

2. 대한민국 미술대전 한국화 심사위원장

나는 2천 년대에 들어와 한국화의 관심과 열기가 줄어들고 있는 것을 안타까워하면서 나름의 노력을 기울였다.

한국화에 대한 관심을 얻기 위해서는 한국화 공모전이 많아져야 하고, 개인전, 그룹전도 활발해져야 했다. 다행히 인천에서는 미술 예술진흥에 대한 관심이 높아지면서 지자체에서도 화가에 대한 지원이 많아졌다.

그렇게 활발하게 전시회가 열릴 수 있었던 데에는 인천종합문화회관이 생긴 것이 큰 역할을 해주었다. 그런 분위기에서 인천광역시 미술대전 초대 작가회전이 해마다 열리는 속에서, 2002년 인천 한국화 대제전 창립을 하면서 나는 운영위원장을 맡게 되었다.

1983년에 창립된 인천여성작가회도 해마다 그룹전이 열렸는데, 어떤 해는 두 군데서 전시회가 열리기도 해 여성 작가들의 기량과 친선이 높아졌다.

1985년 문교부장관상 영예에 이어 2천 년대에 들어와 상복이 터졌다. 2001년 (사)인천예술인 총연합회에서 주는 예술인상, 2015년에는 인천시가 그 해에 선정하는 문화인대표로 인천시 문화상을 받게 되었다. 나는 이런 수상에 대해 인천 미술계에 대해 더욱 열심히 일하라는 채찍으로 받아들였다.

그렇게 상을 타면서 인천 지역 공모전이나 미술 대전의 심사위원을 맡는 일이 많아져 내 두 어깨는 무거워졌다. 2009년 (사)서울미술협회에서 주관하는 서울미술대상전 동양화 부문 심사위원으로 위촉되었다.

나는 심사를 보면서 화가들의 기량이 높아졌을 뿐만 아니라 어떤 그림은 동양화인지 서양화인지 구별할 수 없을 정도로 구상을 넘어 비구상의 경향을 보이는 그림들도 있음을 알게 되었다.

"가장 한국적인 것이 곧 세계적이다"라는 말이 미술계에서도 통할 수 있다는 희망은 나를 설레게 해주었고 채찍질이 되어주기도 했다.

그리고 나는 2012년 제31회 대한민국 미술대전 구상(한국화)부문 3차 심사위원(심사위원장) 위촉을 받게 되었다.

나는 최종적으로 올라온 한국화를 보면서 마침내 화가 반열에 오르는 영광의 대상 작품을 뽑았다. 나는 대상 작품을 고르기 위해 심혈을 기울였다.

그 심사에 대한 소회는 그때 대한민국 미술대전 책자에 실린 심사위원장 심사평으로 대신한다.

"문화 속의 움직이는 생활상은 한국인이라는 것이고 한국의 그림은 한국화입니다. 실제의 그림이 말해주는 것은 언어며, 언어는 그림이고 그림은 세계 공통어입니다.

몰려드는 각종 정보 시대에 잃어버린 문화를 찾아 예술인은 생활 속의 언어를 화폭에 담고 그 속에서 붓을 희롱하며 함께 놀아보자는 것입니다.

2012년의 역사는 심사위원님들의 심사숙고한 작품 선정으로 역사의 한 페이지를 남기게 되었습니다. 한국화의 변천 과정도 숨을 죽이며 변해왔고 그 속에 얻은 것과 잃은 것도 있을 것이며 세계 속으로 함께 들어와 한국의 위상과 그 뜻을 펼치고는 있지만 조금 미치지 못하고 그러기에 미술 대전으로 훌륭한 작가를 발굴하여 어깨를 나란히 같이 걸어가자는 의미도 담겨 있다고 봅니다.

수묵의 중요성으로 펼쳐진 이번 작품들은 먹의 진실함과 조화로움이 잘 표현되었고 거기에 향기까지 담아놓은 듯,

먹.... 가득함을 느꼈으며 수묵담채 또한 풍부한 테크닉과 색의 조화로움이 아름다운 조국 강산을 보는 듯하고 신선한 표현.... 어우러져 남의 눈치를 보지 않는 듯하여 좋았습니다. 우수상으로 선정한 작품

임정 인생 에세이/오영애의 삶·일·꿈

희망은 나를 설레게 해주었고

채찍질이 되어주기도 했다.

은 뛰어난 필치와 색의 조율이 마치 .....듯이 음료를 타는 듯하였고 그 속에 춤을 추며 움직이는 산새들을 보는 듯하였습니다.

채색화는 자유로운 터치와 서로 등을 비비듯 밀착감이 우수하여 선들이 밀쳐내면서 색감의 변화가 화면 전체의 ....가슴 깊이 파고드는 듯 훌륭했습니다.

대상으로 선정된 작품은 타조의 고귀함에 더해 아름다운 색의 조화가 마치 요술을 부리는 듯하면서 감각적으로...... 착해 타조의 당당함이 더욱더 빛난 작품이었습니다.

끝으로 훌륭한 작품들을 출품해주신 모든 작가님께 목소리 내어 감사드리며 앞으로도 자기 세계를 담아 참신하고... 작품으로 다시 뵙기를 희망합니다."

나는 심사위원장을 맡아 최종 심사를 보면서 한국화의 밝은 미래를 보았고, 세계 속에서도 우뚝 설 수 있다는 희망과 자신감을 가지게 된 것이 보람이며 행복이었다.

3. 화가의 DNA

살면서 이런 질문을 받을 때가 있었다.

"선생님, 자제분들도 그림 잘 그리죠?"

"아들, 딸 중 누가 더 선생님 닮았어요?"

"글쎄요. 어릴 때는 다 잘 그리는 거 아닐까요?"

간혹 생각해보니 원근, 유경이가 나보다는 잘 그린다는 생각이 든 적이 많다.

전시회에 온 지인 중에 내가 남매를 두었다면,

"엄마의 뒤를 잇는 자제분이 있나요?"

라고 묻기도 해서, 아들과 딸 중 누가 더 소질이 있는 걸까 따져본 적이 있지만, 두 애는 어릴 때 도토리 키재기처럼 다 잘했던 것 같아서 비교평가는 할 수가 없다.

나는 원근이가 미대를 가는 게 좋겠다는 생각을 해보았지만 그림 전공은 딸이 했다.

"네, 딸이 미대를 나와 설치미술을 하고 있어요."

"아? 그래요?"

사람들은 어디에 근거를 두고 하는 말인지 모르겠지만 대체적으로 아들이 엄마를 닮고 딸은 아버지를 닮는다는 말을 하기도 했다.

원근이는 어려서부터 그림을 잘 그렸다. 초등학교 시절, 아들 친구들은 원근이가 그려주는 용, 호랑이 등의 동물 그림을 받기 위해 쉬는 시간이나 점심시간에 줄 서서 기다렸다는 이야기를 담임한테서 들었기에, 나는 아들이 내 뒤를 이어 화가 소리를 들을 줄 알았다.

그러나 그 당시 보편적으로 누구나 아들에게 바라는 것처럼 할아버지, 아빠는 진천 양반집안의 장손은 법대를 나와 판검사가 되기를 바랐다.

남편의 희망 사항은 아들이 자신이 가지 못한 서울대 법대를 가는 것이었고, 나는 미대에 갔으면 하는 나의 생각은 접고 말았다. 아들은 아버지의 뜻대로 행정계열 대학을 갔고 재학 중 군대를 갔다.

겨울에 군대에 간 아들은 최전방에 배치되었다. 아들이 배치된 강원도 화천의 겨울 기온은 체감온도가 영하 50도가 된다고 했다. 나는 말로만 들은 영하 50도의 추위가 어느 정도인지 알지 못하면서 아들 걱정에 편히 잠들 수가 없었다. 그렇게 마음을 졸이면서 아들의 소식을 기다리는데 마침내 편지가 왔다.

* 동계 야간 근무 복장 착용 순서.

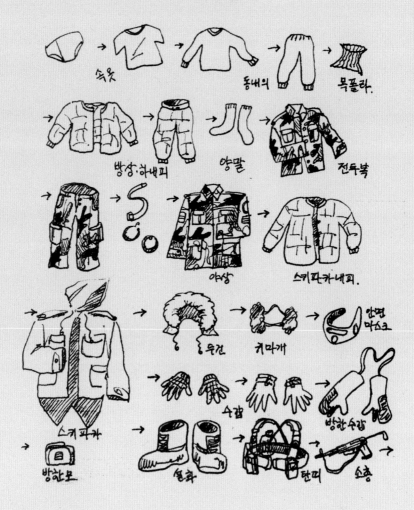

속옷 → 동내의 → 목폴라.

방상·하내피 양말 전투복

야상 스키파카내피.

스키파카 우건 커마개 안면마스크

수갑 방한수갑

방한모 설화 탄띠 소총

아들의 그림 편지

짜~안

→

그래도 추워~!

부모님 前.

무척 추운 겨울입니다.

요즘은 월말 혹한기 훈련

준비에 무척 바쁩니다.

이곳은 TV 일기예보와

상관 없는 혹한 추위에

무척 춥습니다 없음.

감기균도 다 얼어죽었는지 감기도 안걸릴 정도입니다

혹한기 훈련 마치고 오면 바로 구정입니다.

집에는 못가지만 그 즈음에 전화는 할수

있을 겁니다. 2월 발쯤 휴가 계획은 있는데

확실치는 않습니다. 추운 겨울 건강하시고,

곧 휴가 가도록 하겠습니다.

1997年 1月 19日

아들 원근 올림

P.S. : 유경아 Chocolate! 잘 먹었다.

아들의 그림 편지

편지라기보다는 그림엽서였다.

나는 아들의 그림 솜씨에 감동, 감격하고 말았다.

아들은 앞면에 '동계 야간 근무복장 착용 순서'라 쓰고는 속옷 팬티를 시작으로 윗도리 반팔, 속내의 긴팔, 내의 아래 속바지, 목폴라, 방사 하내피, 양말, 전투복 상하, 허리띠, 밤에 입는 겉전투복(야상) 스키파카 내피, 스키파카, 두건, 귀마개, 안면 마스크, 방한 수갑, 방한모, 설화, 탄피, 소총으로 중무장한 방한 전투복을 다 입은 최종 모습을 그리고,

"짜—잔, 그래도 추워!"라 썼다.

스물다섯 컷의 방한 옷차림은 사실화의 극치로 한국화로 치면 자연을 그대로 그린 듯한 대단한 솜씨의 실경 산수였다.

나는 남편에게 아들의 엽서편지를 주면서,

"원근이는 아무래도 대단히 뛰어난 화가야."

라고 말했는데, 그 말은 당신이 미대에 가지 못하게 한 일은 잘못한 것이라는 강력한 반항이 숨어 있었다.

나는 속으로 원근이가 제대하고 복학을 할 때 아예 학과를 미술과로 바꿔도 좋다는 말을 해주겠다는 다짐까지도 했다.

사람은 자기가 좋아하는 일을 해야 행복하게 살 수 있다.

아들이 제대하고 돌아왔을 때 내가 말했다.

"원근아, 네가 하고 싶은 일을 해! 미대에 가고 싶으면 다시 시작해!"

"생각해 볼게요."

그리고 얼마 후 아들이 말했다.

"그냥 하던 공부할게요."

"왜? 아빠 때문에?"

"아뇨. 전 하루에 네 시간만 자면서 매진하는 지구력이 없으니까요."

아들 대신 나의 꿈을 키워준 것은 딸이었다.

"유경아, 직업을 갖고 화가의 길을 가야 한다면 선생이 참 좋단다. 가르치면서 자기 일을 할 수 있거든."

"엄마나 그렇게 하셔용, 난 하고 싶은 일 하는 전문인이 좋걸랑요."

그 후 나는 유경이가 미대를 졸업한 후 교사를 하면서 화가의 길을 가는 게 좋겠다는 생각을 버리지 못했으므로 교사 시험을 치르도록 권유했다.

그러나 유경이는 고개를 저었다.

"미술 교사는 늘 붓을 놓지 않아도 되거든. 잘 고려해주세요."

유경은 고개를 저으면서도 나의 뜻을 따라주었다.

유경은 미술교육과를 나온 것으로 교사가 될 수 있는 정석고등학교에 이력서를 넣었고 합격이 되어 엄마의 뒤를 이어받은 2대 교사가 되었다. 유경이는 어릴 때 겉으로는 싫다고 도리질을 하면서도 결국은 부모의 뜻을 따라주었는데, 커서도 그렇게 해주는 게 참 고마웠다.

유경은 아이들이 잘 따르는 선생이 되어 정말 유쾌 발랄하게 교사 생활을 했고, 그 일이 알려져 어느 잡지에서는 같은 길을 가는 모녀의 이야기를 취재해 화제가 되기도 했다.

그렇게 2년여가 흐른 어느 날, 유경에게서 전화가 왔다.

"엄마, 나 이대 미대 대학원에 붙었어!"

"뭐? 너 언제 시험 봤냐?"

"후후…, 그렇게 됐어."

이대 대학원에 붙은 것은 기특한데, 선생을 그만둔다는 의미이기도 해서 나는 이렇게 말했다.

"축하해! 한데 학비는 네가 벌어서 다니세요."

"알았어."

화가 기질로는 딸이 엄마보다 더 많다. 유경이는 상상력이 풍부하고 열정이 많고, 그리고 젤 부러운 일, 부단히 노력하면서 즐겁게 자기 일을 해나간다.

천재가 따라갈 수 없는 사람은 즐겁게 사는 사람이라고 하니, 이유경은 천재 머리 꼭대기에 있는 것 같다.

돌아가시고 회한이 많이 남는 속에서도

그 여행이 나에게 위로를 주었다.

4. 해외전시회의 보너스

나는 해외 전시회에 특별한 상황이 없으면 빠지지 않고 참석한다. 다른 화가의 세계를 만나면서 학습이 되는 외에도 해외 여행으로 시야가 넓어지고 여행의 즐거움을 맛볼 수 있어 즐거움이 배가 되기 때문이다.

나는 바쁘다는 이유로 함께 하지 못한 가족과의 시간을 정년 퇴임 후는 해외 전시회가 있을 때는 가족 여행을 겸할 수 있는 스케줄을 만들었다.

일본 전시회에서는 엄마를 모시고 갔다. 그리고 일본에서 찹쌀떡 만드는 기계를 사 엄마를 행복하게 해드렸다.

그 여행으로 엄마는 하고 싶은 일을 맘껏 하셨는데, 돌아가시고 회한이 많이 남는 속에서도 그 여행이 나에게 위로를 주었다. 엄마는 이웃과 함께 먹고 싶은 일을 하셨고 그런 일로 주변 사람들이 '엄마표 찹쌀떡'을 먹을 수 있는 즐거움도 가졌던 것이다. 그 여행으로 엄마는 이웃 할머니들로부터 '미국 할머니' 외에도 '찹쌀떡 할머니'라는 별명을 추가하게 되었다.

나는 그 후 뉴욕 전시회에도 엄마를 모시고 갔었다. 엄마에게 미국에서 잘 살고 있는 막내아들 영종이를 만날 수 있게 하기 위해서였다.

그때 영종이는 내 전시회가 있는 뉴욕으로 와서 엄마와의 꿈같은 시간을 보냈다면서,

"누나, 고마워요. 다음에도 미국 전시회는 꼭 참석! 알죠?"

나 역시 친정 가족과 함께할 수 있었으니 해외 전시회는 나에게 큰 보너스를 안겨주는 것이다.

그리고 이런 여행이 엄마가 돌아가셨을 때 많은 위로가 되어주었다.

일본 전시회는 나에게 가장 큰 의미를 만들어준 추억이었다.

2001년 12월 17일.

한국화여성작가회는 일본 홋가이도 북해도 미술관에서 한 일 국제 교류전을 갖게 되었다.

나는 북해도 홋가이도라는 말에 아버님이 떠올랐다. 이충호 진천 아버님은 열일곱 살에 일본 징용으로 끌려가서 2년 동안 광산 일을 하시고 고향 진천으로 돌아오셔서 그 보상금으로 농토를 사고 열심히 일해 일가를 이루신 분인데, 일본을 가시고 싶어 하셨다.

나는 대한항공에서 일했던 해연 고모에게 부탁해 카페리호 승선, 숙소 등을 만들어 같은 시기에 일본에 간 일은 해외 전시회에서의 큰 보너스이다.

그 후 나는 아버님과 세 번 일본 여행을 하게 되었다. 두 번째는 남편, 딸과 함께한 대마도 여행이고, 세 번째는 전시회와 상관없이 해연 고모, 시동생과 나, 이렇게 넷이서 며칠 일본 여행을 했다. 연로하신 아버님이 돌아가시기 전에 가보도록 하자는 데 뜻을 모으고 시동생이 아버님 휠체어를 끌기로 하고 카페리호를 타고 규슈까지 가게 되었다.

나가사키, 후쿠오카, 규슈(벳푸)….

벳푸 온천을 잊을 수 없다. 아버님은 추억에 젖으셔서 70여 년 전에도 일본은 전기 시설은 물론, 거리가 깨끗하고 정리 정돈이 잘 되어 있었다면서, 우리가 무조건 일본을 나무라지 말고 배울 것은 배워야 한다는 말씀을 해주셨다.

아버님이 돌아가셨을 때 나는 세 번의 일본 여행이 큰 위로가 되어주었다.

정년 퇴임 후는 해외 전시회가 있으면 남편과 동행하는 스케줄을 짰다.

인천 여류작가회는 여행으로 가까워진 사이고, 대부분 정년을 넘긴 회원들이 많아 내가 제안을 했다.

"다음 전시회에는 부부동반이 어떨까요?"

내 제안에 모두 좋다고 했다.

"혼자 다녀 미안했는데, 왜 그 생각을 하지 못했을까요? 역시 회장님은 달라요."

그렇게 하여 우리는 해외 전시회를 기회로 동반 여행을 하게 되었다.

"떡 본 김에 제사 지낸다는 말이 있는데, 우리 부부동반 여행이 그렇지요?"

"해외 전시회 보너스라는 게 좋겠어요."

그래서 우리는 동반 여행을 해외 전시회 보너스라 생각했고 횟수가 많아지면서 남편들도 서로 친하게 되었다.

유럽, 동남아, 일본, 스페인, 인도 등등….

그중 2015년 겨울의 인도 여행은 잊을 수 없다.

한국에서 인도에 가려면 겨울이 적당하다. 한국의 겨울이 인도에서는 여행하기에 제일 좋은 계절이기 때문이다.

인도 여행에서 빠질 수 없는 곳, 아그라의 타지마할에 갔을 때 우리는 궁전 형식의 묘지 건물의 아름다움에 숨이 멎었다.

무굴제국의 사자 한 황제가 아이를 낳다 죽은 사랑하는 뭄타즈 마할 왕비를 위해 지은 타지마할은 22년간 2만 명 이상의 노동자가 동원되었고, 온갖 보석을 수입하여 보석으로 치장한 세계 최고의 화려하고 아름다운 건축물이다. 이렇게 지은 타지마할로 10년 후 결국은 쿠데타로 유폐되다가 죽어 왕비와 함께 묻힌 슬픈 사연의 타지마할은 유네스코 세계문화유산 중에서도 가장 아름다운 건축물로 꼽힌다.

나는 그런 유래가 있는 타지마할에서 남편에게 말했다.
"당신은 내가 죽으면 이런 궁전은 아니라도 근사한 화실은 지어줄 수 있으려나?"
"응. 지어줄 수는 있겠지만, 아마도 내가 먼저 갈 거니까 그런 꿈은 아예 꾸지도…."
남편이 말끝을 흐리면서 내 손을 꼬옥 잡아주었는데, 그 여행 4년 후 남편은 그 말대로 나보다 먼저 돌아올 수 없는 여행을 떠났다.
우리는 부부동반 해외 여행을 열 번 했는데, 남편이 어느 날 불현듯이 내 곁을 떠나갔을 때 해외 여행, 그중 인도 여행을 함께 할 수 있었음에 큰 위안을 받았다.

제 5 장

삶의 단상들

(아름다운 세상)

1. 긴 눈물, 짧은 눈물

서울에 살고 있는 맞벌이 부부 아들 내외가 첫아이를 낳아 우리 부부는 할아버지, 할머니가 되었다.

첫 손녀 채연이는 바라만 봐도 행복해지는 존재였다. 자기 아이 기를 때는 몰랐던 사랑스러움은 손주를 가져본 사람만이 알게 되는 행복인데, 정년으로 다소 무료했던 우리 부부에게 손녀의 태어남은 삶에 생기를 불어넣어 주었다.

며느리는 들어가기 쉽지 않은 좋은 직장에 다니고 있었기에 나는 채연이가 유치원에 들어가기 전까지 돌봐주기로 했다.

나는 내 아이 기를 때는 재우기 위해 자장가를 불러준 기억이 없는데, 손녀를 위해서는 알고 있는 자장가란 자장가는 다 불렀다.

채연이는 자장가 외에도 내가 노래를 불러주면 좋아해 동요를 비롯해 내가 아는 노래를 불러주다가 나중에는 내가 부르고 싶은 노래를 불렀다.

그중 많이 불러준 노래는 들장미였다.

"한 아이가 보았네 들에 핀 장미화
갓 피어난 어여쁜 그 향기에 탐 나서
정신없이 보네에... 장미화야
장미화 들에 핀 장미화"
"싸인 크나바인 레스라인 스텐
레스라인 아후데르 하이덴
바르소융 운트 모르델 센
립페르 슈네엘 에스 나인 루 센"

나는 배운 대로 주로 독일어로 불렀는데, 말을 할 줄 알게 되면서 채연이는 들장미를 내가 했던 것처럼 원어로 불렀다.

내가 네 살 때 무슨 뜻인지도 모른 채 "기브 미 초콜렛?" 하면서 영어를 말했듯이 채연이는 태어나서 처음으로 듣고 말한 외국어가 독일어 노래였으니 나보다 차원이 한 수 높다.

나는 손녀 덕에 내 아이 기를 때는 몰랐던 아이 기르는 행복에 푹 빠져 월요일부터 금요일까지 보내면 아들이 아이를 데리러 왔다. 그러면 손녀는 부모와 주말을 지내기 위해서 인천 할머니 집에 안녕을 고하고 서울 목동 자기 집으로 가는데 시간이 지나면서 할머니와 헤어지기 싫어서 울었다.그리고 손녀는 일요일 저녁에 다시 인천 집으로 왔다.

그렇게 할머니 집과 목동 집을 오가면서 보내던 손녀가 어느 날 말했다.

"할머니 집을 떠날 땐 긴 눈물이 나고 서울 집을 떠날 때는 짧은 눈물이 나!"

나는 처음에 그 말뜻을 잘 알아듣지 못했는데 나중에 알고는 한참을 웃었다. 채연이는 할머니와 헤어지는 건 현관문 앞에 서서 하염없이 울어서 긴 눈물이라 하고, 엄마와 헤어지는 것은 짧게 울었다는 표현이었다.

그런 아이가 이제는 중3으로 고등학교에 올라가는데, 제2 외국어 선택을 독어로 했다고 했다.

아들이 말했다.

"채연이가 독일어를 좋아하는 건 할머니가 독일어로 노래를 불러준 영향이 아닐까 하는 생각이 들어요."

"그럴 수도 있을 거야. 어릴 때 들은 것이어서 친밀감이 들 수가 있으니까."

"엄마가 잘 돌봐주신 것을 요즘 감사하게 생각하게 된다니까요."

"한데 채연이가 외국어를 잘하는 건 너를 닮은 것 아닐까?"

"아냐, 엄마, 그건. 채연이가 나보다는 엄마 쪽이지."

"맞아. 니 댁이 영어를 유난히 잘했다고 했지?"

"응. 그 덕으로 회사에서 대접받고 있답니다. 어학을 잘하니까 승진도 빠르더라고요. 아이들에게 어학 공부를 많이 시켜야겠어요."

"그럼. 이젠 어학 한두 개는 필수지. 아이들이 독일어를 좋아하기가 쉽지 않은데, 채연이가 독일어를 좋아한다니까, 좋구나."

"엄마가 독일어로 노래 불러준 게 영향을 받았겠지요. 나도 어릴 때 엄마가 불러준 들장미가 생각나던걸요."

"그래? 레스하인 아후데르 하이덴."

내가 들장미 한 소절을 부 입속으로 흥얼거리자 아들도 따라 흥얼거렸다.

한 젊은이가 숲속에서 노래를 불렀는데, 그 노래를 세월이 흐른 후 한 소녀가 불렀다는 이야기의 시가 있다. 이 시처럼 어릴 때 할머니에게서 들은 노래로 인해 손녀가 독일어를 선택과목으로 정하는 계기가 되어주었다니 어릴 때의 환경이 얼마나 중요한가를 깨닫게 되었다.

긴 눈물, 짧은 눈물의 주인공 채연이가 제 엄마를 닮아 어학에 취미가 있고 다른 과목보다 어학을 잘하는데, 이 글이 마쳐져 가는 즈음 채연이 이화외국어고교에 합격했다는 소식이 날아들었다.

사람은 어렸을 때의 영향을 받는다. 그래서 가정환경이 중요한 것이고 밥상머리 교육은 특히 중요하다. 어릴 때의 추억은 뇌리에 꽂히고 자기 진로에도 영향을 미치게 된다.

나는 애들이 어렸을 때 스케치 여행을 많이 다녔는데, 외국 여행에서 선물을 살 때는 그 나라의 고유하고 대표적인 물건, 특히 아이들에게 공부가 될 만한 것을 골랐다.

이집트에서는 파피루스, 아프리카에서는 원주민 특유의 조각품 등등을 아이들 선물로 사 왔다.

"엄마, 이 색깔, 이 디자인 끝내준다."

아들도 좋아했고, 특히 유경이는 보고 또 보면서 그 디자인에 대해 골똘히 생각하곤 했다.

지금은 디자인 계통의 사업을 하는 아들은 엄마가 사다 준 세계 각국의 민속품 문양들이 좋은 공부가 되었다는 말을 했다.

유경 역시 마찬가지다. 설치미술을 할 때 세계 각국의 고유 문양이 떠오를 때가 있고 또 도움이 된다고도 했다.

유경은 내 그림을 통해서 자연의 아름다움을 보았다는 말을 했다.

"엄마가 그린 고향 가는 길을 본 후 진천에 갈 때 풍경을 보니까 정말 그 모습이 다정하게 다가오더라고."

나는 딸이 엄마 그림을 통해서 자연을 느낄 수 있었다면 내 그림의 의미가 있다는 것이기도 해 위안을 받았다.

부모의 거울은 아이들이다. 나는 내가 한 일을 잊고 사는데 아이들을 통해서 내 옛 모습을 바라보게도 된다.

아이들은 내가 "그건 안돼!"라는 말을 한 번도 하지 않았던 것에 대해 고맙다는 말을 간간이 하곤 한다.

"엄마는 우리들에게 자유를 주었어요."

"그건 당연하지. 사람은 하고 싶은 일을 해야 하거든."

특히 나는 애들이 어떤 일을 하겠다고 하면 한 번도 반대한 적은 없다.

나는 아들이 고등학교 때 간부 수련회로 일본에 간다고 했을 때 고민도 하지 않고,

"그래? 그럼 갔다 와."

했는데, 놀란 쪽은 아들이었다.

딸도 마찬가지였다.

"엄마가 어린 우리에게 자유의지를 준 건 참 대단했어."

"사람은 하고 싶은 일은 해야 해. 내가 이만큼 된 건 할머니 덕분이라는 생각이 들어. 할머니는 어린 나를 믿어주었는데, 그게 내 자유의지를 크게 만들어준 것 같아."

"맞아. 우리들의 배정희 외할머니는 우리들 기를 맘껏 살려주셨어. 그러고 보니까 엄마가 할머니를 닮은 거네."

아들과 딸은 자기들도 아이들이 하겠다는 걸 말리지 않는다고 했다.

"우리 집안의 자랑은 아무도 말리지 않는다는 것이다!"

어느 날 유경이 그렇게 말해 웃었는데, 곰곰 생각해 보니 정말 우리 집 식구들은 "안돼. 하지 마." 등등의 말을 하고 살지 않았다.

나는 엄마가 그렇게 했듯이 언제나 "그렇게 해"라고 말했는데, 나는 아이들에게 함께하는 시간이 적은 게 늘 미안해서 보상심리로 그렇게 말한 줄 알았다. 그런데 생각해보니 그 말은 엄마가 나에게 해준 말이었다.

어느 날, 아들과 밥을 먹게 되었을 때 아들은 예전 일을 들려주었다.

"엄마, 생각나요? <미션> 영화가 한창 화제가 되었을 때 보고 싶었지만 참았는데, 어느 날 엄마가 <미션> 보고 오라고 돈을 주었어요. 그것도 친구와 같이 보라고 해서 함께 봤는데, 친구가 너희 엄마 멋지다고 해서 내 어깨가 올라갔어요. 그때는 거의 모든 엄마들이 영화보러 간다고 하면 공부는 하지 않고 무슨 영화냐고 펄쩍 뛸 때였거든요." 그러니까 생각이 났다. 나는 좋은 영화가 개봉이 되면 아이들에게 가서 보라고 돈을 주었다.

"내가 같이 못 보니까 미안해서 친구와 보라고 한 거야."

"그래서 내 친구가 엄마 멋쟁이라고 부러워했다니까."

"그럼 그런다고 자상하게 잘 못 해줬으니까 보상심리로 그랬나 보네…."

그리고 곰곰 생각해보니 친정엄마가 나에게 그런 자유를 주었다. 나는 오랜 세월이 흐른 후 손녀딸 채연을 통해서도 순환하는 자연, 인생의 섭리를 느끼고 있다.

"엄마는 우리들에게 자유를 주었어요."

"그건 당연하지. 사람은 하고 싶은 일을 해야 하거든."

2. 국기의 대한 맹세에 담긴 남편의 추억

"나는 자랑스러운 태극기 앞에 조국과 민족의 무궁한 영광을 위하여 몸과 마음을 바쳐 충성을 다할 것을 굳게 다짐합니다."

나는 '국기에 대한 맹세'가 들려오면 남편이 떠오른다. 그리고 나의 뇌리에 녹음되어 언제나 재생되는 레코드처럼 정말 듣기 좋은 남편의 음성이 들려온다.

국기에 대한 맹세는 남편의 18번이다. 그래서 가족 노래 씨디(CD)에도 그 음성이 담겨 있다.

18번에 얽힌 사연은 이러하다.

임정 인생 에세이/오영애의 삶·일·꿈

2017년 여름, 상해 주재원으로 살고 있는 딸 유경네 식구가 여름방학을 맞아 한국에 왔다. 나는 딸네 식구가 왔으니 아들네를 불러 가족사진을 찍었으면 했는데, 남편은 어느 집이나 거실에 걸려 있는 대가족 사진이 인위적이고 어색하다면서 고개를 흔들었다.

그래서 유경의 제안으로 기념사진 대신 가족 노래 녹음을 하기로 했다. 우리는 씨디 녹음 전문이라는 이화여대 앞 지하 녹음실에 갔다.

"아빠, 먼저!"

남편이 아는 노래가 없다고 하자,

"아빠, 자막이 다 나오니 그냥 부르면 된다니까요."

그래도 남편은 잘하는 노래가 없다면서 사양했다.

"아빠 목소리 좋은 건 세상이 다 아는데 왜 빼시나용?"

"그러게 말이다."

남편 이해수의 목소리는 인하대학교가 보증하는 목소리다. 어릴 때부터도 음성이 좋다면서 크면 아나운서가 되라고 했다는데, 목소리 쓰는 직업은 갖지 못했다. 그런데 타고난 것은 어떻게든 쓰게 되는 운명인지, 인하대학교에서 행사할 때 마이크 들고 국기에 대한 맹세를 하게 된 것이다.

지금은 녹음으로 틀지만 그렇게 되기 전까지는 다 사람이 했는데, 남편은 학교의 크고 작은 행사에는 꼭 마이크를 들고 국기에 대한 맹세를 해, 아마도 그즈음 인하대학교를 다닌 사람이라면 이해수 학생처장의 음성으로 국기에 대한 맹세를 들으면서 나라 사랑을 실감했을 것이다.

아들, 며느리, 손주, 손녀들이 노래하셔야 한다고 성화를 해대니 남편은 할 수 없다는 듯이 말했다.

"그럼 국기에 대한 맹세를 하겠다."

"으잉! 그건 노래가 아닌데?"

"음성을 담으면 기념은 되는 거다."

그렇게 해서 남편은 노래 대신 국기에 대한 맹세를 녹음하게 되었다.

"와아아, 목소리는 국보급이다아."

우리는 박수를 쳤다.

유경이는 지금도 차를 타거나 하면 그 씨디를 트는데, 우리 가족 노래 중 아빠의 18번이 최고라면서 아빠에 대한 추억에 젖는다.

나 역시 국기에 대한 맹세를 하게 될 때면 남편의 목소리가 떠오르면서 그리움에 젖곤 한다.

또 한 가지. 남편에 대한 추억이랄까, 그가 나에게 남겨준 메시지가 있다.

그건 밥에 대한 이야기다. 사람들이 평생 하고 사는 말 중에 제일 많이 하고 또 듣는 말이 밥에 관한 것일 것이다.

"밥 먹었니?"

"밥 한번 먹자!"

"밥은 꼭 제때 먹고 다녀야 해."

등등 살면서 자신도 모르게 쓰고 듣는 밥이라는 말은 다른 말로 해석하자면 '사랑'에 대한 다른 표현이다.

남편은 참 밥 인심이 좋았다. 그는 젊어서부터 식당에 가서 아는 사람을 만나면 그 몰래 먼저 밥값을 내는 사람으로 알려졌다.

남편은 나와 데이트할 때, 식사시간이 되어 식당에 가는 길에 아는 사람을 만나도 나에게 묻지도 않고 즉시 함께 가자고 권했다.

지난번 52년 만에 만난 제자 신현승이 나를 보자마자 한 말은 우리가 데이트할 때 남편이 함께 식사하자고 권해, 인천에 와 생전 처음으로 양식당에 가서 칼질을 해보았다는 인사여서 "그랬니?" 하고 웃었다.

그 습관이 정년을 하고 우리가 하루에 한 끼는 외식을 하며 살 때는 지인들 간에는 이런 말이 생겼다고 했다.

"식당에 가서 이해수 선생을 만나면 그날 밥은 공짜다."

그때는 몰랐는데, 지금 돌아보니 남편의 밥 인심이 우리를 지켜주는 힘은 아닐까 하는 생각조차 든다.

친정엄마도 말씀하셨다.

"보시 중에 입보시가 최고다. 먹는 일에 야박하면 못쓴다."

남편은 밥 인심은 쌀로 이어졌다.

남편은 2000년도부터 주변 사람들에게 진천 쌀을 보내는 일을 시작했다. 고향 진천의 맛있는 쌀 20킬로를 열 사람에게 해마다 보내주었는데, 자신이 하늘나라에 가는 2019년까지 이어졌다.

나도 남편의 쌀 보내기 운동에 참여했는데, 나는 10킬로를 20명에게 나누어 주는 것으로 해 남편과 균형을 맞추어 지금까지 이어오고 있다.

積善之家는
　　　必有余慶 하고

積不善之家는
　　　必有余殃 하나니

臣弑其君 하며
　　　子弑其父는
非一朝一夕之故 이니라.

　　◎ 삶의 參考가 되기를◎
　　　2016. 11. 19.
　　　　아버지가.

남편이 아이들에게 준 한 장의 메모가 있는데, 유경이가 그 편지를 아빠가 하늘나라에 간 후 내게 주었다.

에이 포 용지 한 장에는 한문으로 이렇게 쓰여 있었다.

"적선지가는(積善之家)

필유여경하고(必有餘慶)

적불선지가는(積不善之家)

필유여앙하나니(必有餘殃)

신식기군하며(臣弑其君)

자시기부는(子弑其父)

비일조일석지고이니라(非一朝一夕之故)

생의 참고가 되기를*

2016년 11월 19일

아버지가."

남편. 잘해준 것은 떠오르지 않고
잘못한 일만 떠오르면서 남편이 그리워진다.

홀로서기를 하면서 살고 있는 요즘도 나는 국기에 대한 맹세를 듣거나 20킬로 쌀 포장을 보면 콧등이 찡해오면서 남편 이해수의 모습을 본다. 천생연분 남편. 잘해준 것은 떠오르지 않고 잘못한 일만 떠오르면서 남편이 그리워진다.

"나도 식당에서 아는 사람 만나면 무조건 밥값 낼게요. "

나는 그렇게 가슴으로 말하면서 그와 만날 날을 잘 준비하리라 다짐해본다.

3. 아흔 네 살이 된 내 딸

친정엄마는 나와 가까이 사시면서 외손자, 외손녀를 돌봐주셨다.
그리고 이런 말씀을 했다.

"네가 자식 복이 있다는 사주팔자는 맞는다. 원근이는 사내답게 점
잖으니 지 사업을 해도 잘 꾸려 나갈 것이고 유경이는 붙임성이 좋아
무슨 일을 하든 인기가 있을 것이다."

"그 말이 맞았으면 좋겠네."

그런데 다른 것은 몰라도 유경이는 주변에 사람이 많고 인기도 많
다. 그리고 젤 중요한 일, 시집을 잘 갔다.

대학생 시절에 만나 좋아해서 한 결혼이니 둘 사이는 꿀이 떨어지
는데, 그 이상으로 잘 만난 게 시부모이다.

특히 유경 시어머니는 한때 교사 생활을 하셨고 이후는 성당 성가대 반주를 지금까지 하시는 멋쟁이시다.

안사돈은 게다가 마음씨는 더 고우시다. 그리고 나를 꼼짝 못 하게 한 사연이 있다.

"엄마, 내가 박사 코스 밟는다니까 어머니가 학비 대준다고 하셨어! 한데 엄마는 뭐 켕기는 게 없수?"

유경이는 자신이 이대 대학원 붙었다는 말을 했을 때 내가 "축하해! 한데 학비는 니가 해결해라!"라는 말을 빗대어 그렇게 꼬집어 말했다.

"그래? 넌 복두 많네. 암튼 축하해."

유경이는 나보다 한 살 적은 시어머니의 사랑을 듬뿍 받는다. 그래서 유경이는 결혼 후 박사 과정을 하면서 대학 강의도 맡으면서 정말 바쁘게 살게 되었다.

나도 부지런하다는 말을 듣고 살았는데, 유경이는 한술 더 뜬다고나 할까, 건강이 걱정될 만큼 강행군으로 산다. 내가 하루에 4시간 자면서 일했던 것은 유경 앞에서는 명함도 내밀지 못할 만큼 부지런하다.

좀 천천히 숨도 돌리면서 살라고 말하고 싶을 만큼 열정적으로 눈부시게 사는 모습이 부럽다가도 염려가 되는 것이다.

그런 유경이가 상해에 간다고 했다. 남편이 상해 주재원으로 발령이 난 것이다.

초등학생 동연이와 함께 이사를 가야 하는데, 문제는 유경이가 맡은 대학교 일이다.

"유경아, 교수 자리는?"

"해야지. 학생들과 약속인데."

"어떻게 할 수 있어?"

딸은 전임강사를 그만두지 않고 한달 중 열흘은 한국에 와서 강의를 계속하는 것으로 해결을 봤다.

"유경아, 너 쥐꼬리만 한 전임료로 비행깃값도 해결 못 하겠는데…."

"…크크. 그러지 않아도 오빠가 자기는 스튜어디스하고 살게 된 것 같다고 했어."

그런 결정을 내리고 유경이는 주말은 상해에서, 주중에는 한국에서 학생들을 가르치는 교수로 지내게 되었다.

"유경아, 좋다, 좋아. 넌 참 눈부신 중년이네!"

나는 박사 공부하고 강의를 하면서 주부 역할도 해내는 일인삼역의 딸을 응원했다.

그리고 나는 상해에 그룹전이나 여행을 갈 때는 유경을 만날 수 있었다.

모자를 쓴 동연이는 귀엽고 사랑스러웠다.

"와아, 우리 동연이 젠틀맨이네. 더 멋지네!"

나는 동연이가 젠틀하게 자라주길 바랬으므로 손자를 만나면 '젠틀맨' 이라고 말해주었는데 동연이가

"할머니? 젠틀맨이 뭐야?"

"최고로 멋지다는 말이지."

하는 내 말에 동연이는 환하게 웃었다.

유경이가 상해 있을 때 내가 간다고 하자 딸은 그 시기에 맞춰 시어머니를 초대했다.

상해에서 만난 안사돈은 친구가 되었다.

마침 시어머니도 하모니카를 가지고 왔으므로 우리는 방에서 즉흥 연주회를 가졌다.

사위는 기타를 치고 두 할머니는 하모니카를 불고, 동연이는 춤을 추었다. 그러다가 흥이 오르자 누군가 버스킹을 해보자고 했다.

우리는 근처 공원에 나가 하모니카를 부르고 노래를 불렀다. 사람들이 박수를 쳐주어 맘껏 불렀는데, 유경이가 모자를 돌렸는데 모자 속에 돈도 들어있었으니 상해에서 한국 할머니들의 버스킹은 대성공이었다.

그런 상해 시절이 막을 내리게 되었다.

2020년 유경이가 남편의 회사에서 정기적으로 받는 건강검진을 받다가 암을 발견하게 되었다. 유방암 2기로 제거 수술을 해야 한다고 했다. 유경이는 4센티가 넘는 암 덩어리를 제거하는 수술을 하고 투병 생활을 시작했다.

"엄마, 유방암은 잘 낳는대... 그리고 신이 우리 식구 중 꼭 한 명을 암 환자로 만들어야 하는 스케줄이 있다면 그게 나여서 다행이야. 내가 맞짱 뜨는 쌈 잘하잖아."

어느 날 유경이 진심으로 말했다.

나는 유경이가 맞짱 뜨고 쌈 잘해 늘 이긴다는 말에 위로를 받으면서,

"…그래, 우리 딸은 잘 이겨낼 거야. 유경이는 도전해서 진 적이 없으니까…."

라고 응수했다. 그러면서도 예전 둘째 동서가 그 병으로 하늘나라에 갔으므로 유방암 트라우마가 있었다.

유경은 항암 치료의 후유증으로 몸무게가 엄청나게 늘어나게 되었다. 유경은 그런 자신을 코끼리라고 하면서도 늘 씩씩했는데, 나는 그모습이 더욱 안쓰러웠다.

"내가 대신 아프면 얼마나 좋을까?"

아마도 모든 엄마들이 그렇게 생각할 것이지만 그게 마음대로 되는 일인가.

임정 인생 에세이/오영애의 삶·일·꿈

유경이는 너무 무리한 생활을 했다. 딸은 일에 대한 열정과 의욕으로 한달에 열흘씩 상해, 한국을 오가고 살면서 자신도 모르게 암 덩어리를 키웠다는 생각이 들자 나는 유경에게 모든 일을 그만두라고 하고 싶었다.

투병을 지켜보는 일은 고문에 가깝다. 한데 유경이는 병을 자신의 유쾌 발랄한 방식으로 정면 대결에 맞섰다.

"매는 먼저 맞는 게 좋다!"

"먼저 매 맞는 내가 너희들은 덜 아프게 해줄게."

유경이는 마치 병을 즐기면서 다스리고 호령하는 사람처럼 발랄하게 투병 생활을 해나갔다.

머리가 빠졌을 때는,

"엄마, 가발 사러 가자."

그러고는 가발 가게에 가서는 노란 머리, 빨간 머리 등등 색깔별로, 그리고 긴 머리, 짧은 머리 등등 종류대로 사면서,

"하느님이 머리를 맘껏 꾸며보라고 특별한 기회를 주셨네. 차암, 크크."

하면서 가엾게 바라보는 나의 마음을 위로해주었다.

약의 부작용으로 몸이 퉁퉁 부어 터져버릴 것처럼 부풀어 올랐을 때는 인스타그램에 자신의 모습을 큰 코끼리처럼 그려놓고 유니크한 설명을 붙여넣기도 했다.

"신이 우리 식구 중 꼭 한 명을
암 환자로 만들어야 하는 스케줄이 있다면
그게 나여서 다행이야.
내가 맞짱 뜨는 쌈 잘하잖아."

"괜찮다니까요⋯. 병은 쳐부셔 버리라고 생긴 거지요."

유경이는 마치 그렇게 속삭이듯이, 그리고 즐기듯이 투병 생활을 해나갔다.

유쾌 발랄하게 투병하는 모습을 자신의 인스타그램에 올린 것이 화제가 되고 인기를 얻자 출판사에서 책으로 내자는 요청이 왔다. 유경이는 스스로의 삶에 늘 반전을 하면서 승전고를 올리면서 살았는데, 병한테도 그렇게 해 책까지 썼다.

"괜찮아, 괜찮아, 괜찮아!"

유경의 투병 책 제목이다.

그 말은 유경이가 아프면서 나를 만날 때 자주 했던 말이다.

"엄마, 나 괜찮아⋯."

유경이가 나를 비롯해서 남편 아들, 시어머니, 그리고 동료 화가들, 나아가 아는 사람들은 물론 아픈 사람들에게 해주고 싶은 말일 것이다. 아니, 앞으로 아플 수도 있는 사람들, 그러니까 세상 모든 이들에게 속삭이고 싶은 이유경의 소망일 것이다.

"괜찮아!"

어디에서건 다 좋은 말이다. 이 말이 있다는 것은 우리에게 축복이다. 나는 유경이가 내 딸이라는 생각을 떨쳐버리기로 노력해볼 것이다. 왜냐하면 이유경은 항암치료로 몸의 나이가 두 배가 되었다고 말하면서 엄마가 나보다 젊으니 힘내라고 용기를 준다.

유경의 말대로라면 2022년 현재 자신은 아흔네 살이고 나는 일흔여섯이 된다.

4. 그때 "괜찮다!" 하시던 말은 정말이었을까?

유경의 책을 읽다 나는 그만 울어버렸다. 아무도 보는 이 없는 밤중에 나는 소리까지 내어 흐느꼈다.

'유쾌발랄 코끼리의 그림 에세이'라는 부제가 붙은 "괜찮아, 괜찮아, 괜찮아." 이유경 설치미술가의 글이 부제 그대로 유쾌 발랄하게 쓰여 있는데, 엄마인 나는 절절하게만 다가왔다. 마치 속으로 울고 있으면서 겉으로만 웃는 것 같아 괜찮다는 그 말이 나에게는 절규로까지 들렸던 것이다.

한쪽 가슴을 도려낸다는데 얼마나 두려웠을까?

항암 치료 부작용으로 갑자기 다리가 퉁퉁 붓고 체중이 10킬로그램 이상으로 불어나 스스로 코끼리가 되었다고 표현하면서 유쾌하게 웃었지만 실제로는 얼마나 슬펐을까?

머리가 다 빠져 대머리가 되어서 온갖 가발을 사는 행동을 재밌게 썼지만 스스로는 얼마나 힘겨웠을까?

병원에 입원하면서 8차에 걸친 항암 주사를 맞으면서의 경험을 재 밌게 그림으로 그리면서 "내가 먼저 매 맞고 있으니 미래의 암 환자 들이여, 염려 말고 두려워하지 말라구요!" 하면서 자신의 아픔에 저 항하면서 반전을 하고는 있지만 실제로는 얼마나 힘들었을까?

얼마나 기대고 위로받고 싶었으면 병원 로비에서 마주친 아빠의 친구를 보면서 하늘나라의 아빠에게 "고마워, 아빠"라는 글과 그림 을 그렸을까?

"고마워 아빠

다니던 병원 로비에서 마주한 낯익은 얼굴
돌아가신 내 아부지의 어릴 적 절친 아저씨
모자에 마스크까지 쓰셔서 긴가민가 훔쳐보던 중 웬걸
그 많은 병원 로비 의자 중에 내 옆자리에 딱 앉으시고
들고 계신 예약증 성함을 보니 아부지 절친 맞으심!
울 아부지 만난 듯 어찌나 신기하고 반가운지

아저씨는 방광암 치료 후 1년에 한 번 체크하러 오신 날이란다.
hair가 바뀐 날 못 알아보실까 봐 여차저차해서 머리 조금 잘랐다
했다.

"아빠 아빠 아빠

아빠 있는 사람들 부럽다"

난 유방암 환자가 되었고 항암을 시작했고

이번 주말이면 머리카락이 다 빠진다더라고

"에이, 머리가 뭔 문제야 병이 나아야지 괜찮아 괜찮아 다 잘될 거
야."

아저씨는 손 꼭 잡아주시고 울지 마, 눈물 닦아주셨다.

울 아부지가 해주는 말 같았어

괜찮아 괜찮아

울 아부지가 해주고 싶은 말이 있어서 아저씨 보내주셨나 봐

고마워 아부지 고마워 아빠 아빠 엄청 보고 싶어

응응 다 아무것도 아냐 난 잘할 거야

아 우리 아빠 진짜 보고 싶다

집에 돌아와 아빠 핸드폰 충전해서 사진첩 보고 대성통곡

아빠 아빠 아빠

아빠 있는 사람들 부럽다"

나는 그 글을 보고 마음으로 울면서 어깨를 들먹거리고 말았다.

그렇다. 유경이가 말한 "괜찮아"는 스스로에게 하는 위로며 희망
사항이고 주변을 배려하는 긍정의 메시지이다.

그러고 보니 나는 살아오면서 "괜찮다!"라는 말을 많이 들었었다.

친정엄마는 끄떡하면,

"영애야, 괜찮다. 그만 가거라."

하면서 차마 일어나지 못하는 나를 집으로 가라고 재촉하면 그제서야 안심하고 일어났다.

그때 나는 정말 엄마가 괜찮으신 듯해 아이들이 있는 옆 동 집으로 돌아와 행복하게 잠들었다.

젊은 새댁 시절 진천에 가면 시부모님을 모시고 사는 둘째 동서가 가엾고 미안해서 내가 쩔쩔매면 동서는,

"형님, 부모님이 잘해주셔서 괜찮아유!"

그러면 나는 안심하고 덜 미안해져서 금방 웃고 시아버지 오토바이를 타고 바람을 가르면서 논밭을 살피는 재미에 빠져버리는 것이었다.

시어머니는 돌아가시기 전에 내 손을 잡고 시골은 다 괜찮고 무탈하다면서 너무 무리하지 말고 쉬엄쉬엄 살라고 당부해주셨다.

그러고 보니 외할머니, 아버지, 엄마, 시부모님은 물론 스승님들도 대부분 "괜찮다"는 의미의 말로 걱정하는 나를 위로해주면서 안심시켜 주셨다.

"…그분들은 정말 괜찮아서 괜찮다고 말씀하셨을까?"

"괜찮아, 괜찮다니까."

나는 유경의 책을 본 후 그렇게 말씀한 어르신들의 말을 곰곰 생각하게 되었다.

그러면서 다짐했다. 나도 그렇게 말하는 습관을 들여야 한다. 더 나이가 먹는 앞날에는 몸 여기저기 아픈 날들이 많을 것이다.

그럴 때 아이들, 손주들, 제자들, 동료나 후배들을 만나면,

"괜찮아, 괜찮다니까."

라면서 곱게 미소지어야 할 것이다.

아흔네 살이라는 내 딸 유경이는 나의 인생 선배 맞다.

아흔네 살 딸아, 고맙다.

5. 아주 특별한 인연

옷깃만 스쳐도 인연이라고 한다면 우리는 깃털처럼 많은 인연 속에서 살아간다. 그 인연은 참으로 다양하다. 한 번의 인연으로 끝나는 사람이 있는가 하면, 많이 만나지 않으면서도 평생 잊을 수 없는 운명의 인연도 있으니 우리의 인연법은 인생처럼 오묘하다.

나는 2023년 80세의 나이가 되신 1월 인천 문화상을 수상하신 김현순 여사를 잊을 수 없다. 결혼해 집안을 일으키고 자식 잘 키워 결혼시킨 후 중학교 중퇴인 학력이 아쉬워 중·고교를 검정고시로 졸업하고 방송통신대학을 2022년도에 졸업한 서예가며, 한국화가인 김현순 여사는 많은 사람들의 롤 모델이 되어주기에 충분하다.

그분이 그렇게 되기까지 나의 힘이 젤 컸었다고 말하면서 김 여사는 졸업 숙제로 쓴 "6천 자 편지"를 내게 가지고 왔다.

'하늘은 스스로 돕는 자를 돕는다'는 말처럼 사람은 자신이 할 탓인데도 김 여사는 자신의 멘토가 되어준 나에게 공을 돌리고 있으니 이 또한 겸손한 마음에서 나온다.

나는 김현순 여사를 미술협회 이사장 일을 할 즈음에 만났다. 그분은 서예와 한국화를 그리면서 봉사 활동을 열심히 하고 계셨는데, 어느 날 나에게 자신의 진로에 대해 물어왔다.

가족과 나의 제언으로 중·고교는 졸업했지만 공부하다 보니 욕심이 생겨 대학교에 가고 싶다는 말을 하시길래 나는 그즈음 생겨 많은 사람들의 향학열을 고취시키는 방송대를 권해 드렸다. 나의 조언이 주효했는지 김 여사는 방송대 중어중문학과에 입학해 열심히 공부했고 나는 만날 때마다 격려를 잊지 않았다.

그리고 나는 바삐 사느라 세월이 얼마나 흘렀는지 가늠할 수 없는 즈음에(2022년) 나를 찾아와 졸업 숙제 중 자신의 인생 멘토에게 '6천 자'로 편지를 쓰는 게 있는데 나에게 썼다는 것이었다.

나는 편지를 읽으면서 나의 말이 한 사람의 인생에 보탬이 되었다는 데에 고맙고 감사한 마음으로 울컥해졌다.

"오영애 이사장님,

안녕하세요. 제가 이사장님을 알고 지낸 지도 어언 20여 년이 지났습니다. 오 이사장님은 저를 만날 적마다 요즘같이 각박한 세상에 살아가는 방법을 말씀해주시면서 저에 대해 궁금한 게 많다고 장난삼아 물어보신 적이 있으셨지요. 이제야 말씀드리겠습니다. 저는 어렸을 때 이루지 못한 꿈을 이루기 위하여 늦었지만 황혼의 나이에 공부를 다시 시작하게 되었습니다.

오 이사장님! 저는 5남매의 고명딸로 태어났으며(오빠 3, 남동생 1) 우리는 6·25를 겪었습니다. 우리 가족은 온양까지 피난을 갔다가 전쟁이 끝나 다시 파주 금촌에서 살게 되었으며, 힘든 생활 속에 부모님은 자식들을 공부시키기 위해 무척 고생하셨습니다. 초등학교를 졸업하고 중학교에 들어갔으나 5남매를 교육시키기 위해 고생하시는 부모님의 모습을 보니 공부에 대한 열의가 식어 수업에 흥미를 잃고 결석을 자주 하다가 학교를 그만두고 말았습니다.

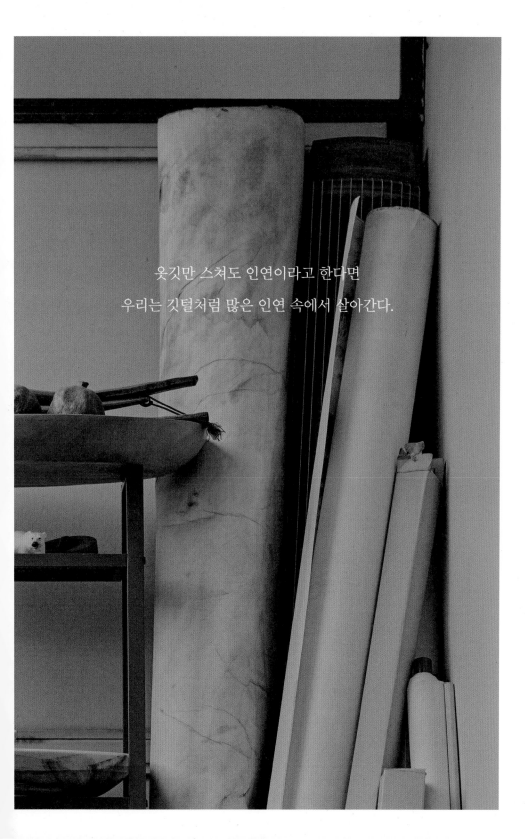

옷깃만 스쳐도 인연이라고 한다면
우리는 깃털처럼 많은 인연 속에서 살아간다.

이루지 못한 꿈을 이루기 위하여 늦었지만

황혼의 나이에 공부를 다시 시작하게 되었습니다.

세월이 흘러 나는 큰 오빠가 사시는 인천을 자주 왔었습니다. 큰 오빠는 서울대학교 약대를 나와 인천 도립병원 약제국장으로 계시다 퇴직하시고 송림동에서 약국을 운영하셨습니다. 그 당시 제 나이는 20대였습니다. 26세에 결혼을 하고 아들 형제를 키우며 한 가정의 주부로 행복한 삶을 지냈습니다.

그러던 중 용현동 금호아파트 상가에 서예학원이 생겨 서예를 배우다 문인화를 배우게 되었습니다. 또한 미추홀구(인천 남구청)에 여성합창단이 생겼다고 하여 어려서부터 노래를 좋아하던 저는 합창단에 들어갔습니다.

그림도 배우고 합창하러 다니며 즐거운 나날을 보내면서도 마음 한구석엔 학업에 대한 아쉬움과 후회스러움, 막막함으로 꽉 차 있었습니다.

그 무렵, 인천 미추홀구(남구) 여성합창단 회장을 맡게 되었고 행사 때마다 아름다운 화음으로 축하곡을 부르고 소외되고 외로운 분들을 위해 위문공연을 다녔습니다. 연수구에 있는 인천 영락원, 보육원, 군부대 등등, 그 외 영락원과 향진원에는 서예 봉사도 많이 다녔지요.

문인화 작가로서 열심히 활동하며 지내다 보니 어느덧 내 나이 70살이 되었습니다. 우연히 지나가는 버스에서 "남인천고등학교(성인)"광고를 보게 되었습니다. 지금 내가 본 것이 무엇이지, 하면서 메모를 하고 큰아들한테 의논을 하였지요.

아들은 연령 제한 없이 누구나 다 학교에 등록할 수 있다 하여, 못다 한 학업의 꿈을 다시 시작하려고 결심을 하였습니다. 남편도 가족 모두가 응원을 해주었습니다. 그 후 나는 오래전 미술협회 총회 때부터 알고 지내던 오영애 선생님께 전화를 드렸습니다. 선생님은 그때 정년 퇴임하시고 한국화가로서 왕성하게 활동하고 계실 때였습니다. 나는 내가 제일 존경하고 때로는 언니 같고 스승 같은 선생님에게 나의 지나온 과거를 말씀드리고 교육에 관한 말씀을 드렸지요. (중략)

오 이사장님께서는 시작이 반이라면서 내게 용기를 주시고, 만날 적마다 간식을 주시면서 수업 시간에 졸지 말고 열심히 노력하라면서 격려를 해주셨지요. 너무 감사하여 눈물이 날 때도 많았습니다. 방송대 중어중문학과에 원서를 넣게 된 데에도 이시장님의 조언이 큰 역할을 해주었답니다.

오 이사장님!

내가 황혼의 나이에 늦깎이 학생으로 중·고등학교를 졸업하고 방송통신대학교에 입학, 대학 4년을 마칠 수 있었던 것은 이렇게 나에게 귀감이 되는 말씀을 해주시고 격려해주는 우리 가족과 오영애 이사장님이 계셨기에 가능했으며, 이제 어느덧 대학교 4학년 졸업반이 되었습니다.

제 삶의 목표는 방송통신대 졸업장을 가슴에 품는 것이며, 더 욕심을 부리자면 졸업 후에 유치부 아동 기초 중국어 교사자격증 시험에 도전하는 것입니다.

오 이사장님의 훌륭하신 업적을 귀감 삼아 저도 힘들게 살아가는 누군가를 위해 멘토가 되어야겠다는 결심을 합니다. 이렇게 격려해주시고 이해해주신 덕분에 대학 4년을 무사히 마치게 된 것, 그리고 어디를 가든 자신감이 생긴 것이 나의 삶의 가장 큰 변화라고 생각합니다.

이영애 이사장님은 영원한 나의 멘토이십니다. 코로나19로 인하여 너무 힘든 시기입니다. 항상 건강 조심하시고 안녕히 계세요.

2022년 4월 12일
김현순 올림

나는 38년 교사 생활을 하면서 얼마나 많은 말들을 쏟아냈을까?

그 말들은 어디에 얼마큼 살아 있을까?

나의 말이 김현순 여사에 의해 이렇게 살아 숨 쉬면서 한 사람의 인생에 큰 작용을 했다는 것을 실감하는 일은 선생으로서의 가장 큰 보람이다.

"김 여사님, 고맙다는 말은 제가 해야 합니다. 진심으로 감사드립니다."

* 또 한 사람 안혜숙과의 만남은 더욱 특별하다.

지금은 나보다 내 일정을 환하게 알고 있으면서 친자매보다 더 자주 만나고 있는 안혜숙이 그 주인공이다.

나는 2018년 어느 날, 인천 롯데백화점 택시 승강장에서 택시를 탔다. 안혜숙은 그 날을 잊을 수 없어 일기에 써놓았다면서 그 날은 8월 21일이라고 했다.

나는 지팡이 대신 작은 여행용 가방을 들고 다니기에 꼭 앞자리에 탄다. 타고 기사를 보니 얼굴이며 차림새가 남달랐다.

"아니, 기사님? 막 에어 프랑스에서 내리신 분처럼 멋있네요."

"아, 네. 한데 그렇게 말씀하는 손님이야말로 참 멋쟁이시네요. 예술가이시죠?"

이렇게 시작된 대화는 내 화실에 도착할 때까지 이어졌는데, 그냥 헤어지기가 아쉬웠다.

"화실에서 차 한잔하고 갈래요?"

"네, 저도 그냥 헤어지기가 아쉬워요."

그날 우리는 혜숙의 제안으로 언니, 동생을 하기로 했다.

이야기를 하다보니 친 자매처럼 통하는게 많고 취향이 거의 같았다.

남편이 간 후 우연한 대화로 남편이 타던 차를 혜숙에게 양도하게 되었는데, 그녀의 은행 계좌 가운데 번호와 남편 차의 번호가 똑같았다.

"이 차 임자는 혜숙이네."

그 후 혜숙은 우리 집에 놀러 왔을 때,

"어쩌면… 이럴 수가…." 하면서 탄성을 발했다.

우리 집 소파가 자신의 집 의자와 거의 같고 둥근 옷걸이 행거는 같은 게 별로 없는데 자신의 것과 똑같다고 했다.

우리는 취향이 너무 같은데 서로 놀랐다.

"언니, 옷 어디서 사세요?"

라고 물어 상점을 이야기하니 자신도 그곳에서 많이 사 입는다는 것이었다. 전생에 우리는 자매이거나 부부의 연이었을지도 모른다는 말을 하면서 한참을 웃기도 했다.

그녀가 열심히 사는 모습도 나와 비슷했다.

고향이 부산인 안혜숙은 외항 선원인 남편을 따라 인천에 산 지 40여 년. 아들이 대학교에 가면서 기타를 사달라고 하여 악기점에 들렀다가 매장에 있는 피아노를 쳐보았더니 밴드 활동을 하는 악기점 주인이 같이 활동을 해보자고 하여 '화려한 외출' 밴드에서 건반을 맡아 20여 년을 이어오고 있는 사람이었다.

그녀는 생활이 어려워지자 시간에 얽매이지 않으면서 밴드 봉사 활동을 할 수 있는 택시 기사가 되기로 하고 택시회사에 찾아가 기사가 된 지 17여 년이 됐다.

"언니, 운전기사가 돈 벌면서 밴드 활동도 할 수 있어서 참 좋아요. 운전하는 일을 좋아해서 직업을 택한 것이 아주 탁월한 선택이었어요."

'화려한 외출' 밴드는 백혈병 환자 돕기, 걸식 청소년 돕기, 독거노인 돕기를 하고 자선 공연을 하면서 방송, 잡지, 유튜브에도 소개가 많이 된 인천의 유명한 봉사 단체였다.

그녀는 직업과 봉사 일을 즐기면서 살고 있었다. 본래 아름다운 데다가 자신을 잘 가꾸고 이야기를 솔직하고 꾸밈없이 해, 그녀 택시를 타면 저절로 즐거워진다.

지금은 엄마의 활동을 아이들이 적극 지원하고 있다. 아들 정재훈은 악보를 뽑아주고 곡을 핸드폰에 저장해주고, 월드 비전 합창단원이었던 딸 정지선은 공연이 있을 때마다 시간을 내어 동영상을 촬영해서 밴드 활동에 올려주고 있는 든든한 지원자가 되어주고 있다.

안혜숙으로 인해 나는 즐겁게 사는 법을 배우게 되었다.

우리는 롯데백화점 문화센터에서 팝송 강의도 함께 배우고, 그녀가 활동하는 '화려한 외출' 연습장에도 가보고, 공연이 있으면 참여하면서 삶에 찌들지 않고 즐겁게 사는 모습에서, 나는 남편의 빈자리가 주는 슬픔을 벗어나는 데 큰 도움을 받았다.

안혜숙은 나에게 남편과 함께 간 곳 중에 가고 싶은 곳을 말하라고 했다.

"언니, 해외야 갈 수 없지만 대한민국은 어디든 갈 수 있어요. 말씀만 하시죠."

그렇게 해서 남편과 즐겨 다녔던 곳에도 가볼 수 있었다. 남편이 운전하던 그 차에 타고 나는 경기도 파주 법원리 초계탕집, 경기도 양주 양평 해장국집, 충남미문화원, 영종도에 있는 오라 카페, 파라다이스 시티, 경기도 양평에서 미술 후배가 운영하는 인도 식당 '쁘띠로사' 등등을 다녀왔다.

차 안도 남편이 탔을 때와 똑같았다. 자동차 시트 위에 놓였던 방석도 그대로여서, 운전사만 바뀌었을 뿐 나는 예전 남편과 함께 가고 있다는 착각이 들기도 했다.

어떻게 그렇게 비슷할 수가 있을까 싶다. 노래를 좋아하고 피아노 치는 일을 즐겨 하고, 옷 입는 취향은 거의 같다.

내가 어디를 간다고 하면 만사를 제쳐두고 달려오는 안혜숙. 수요 일이면 나와 놀아주는 딸도 혜숙의 등장으로 한숨을 놓는 듯하다.

* 또 한 사람, 차연옥도 참으로 귀한 만남이다.

나는 2006년도에 있었던 교통사고 후유증으로 통증에 시달리고 있을 즈음, 누군가가 그 교정원이 좋다고 해서 소개를 받고 갔을 때 그녀를 만났다.

차연옥은 중국 심양 출신으로, 한국에 귀화한 사람인데, 생각도 외모도 참 반듯하다. 예쁘다기보다 잘 생겼다는 게 맞는 그녀는 볼수록 반듯하고 생각이 올바른 여성이어서 마음이 갔는데, 알고 보니 아픈 사연이 있었다.

한국인과 결혼해 국적을 바꾸었는데, 아이를 낳은 후 이혼을 하는 아픔을 겪고 중국어 통역으로 일하면서 열심히 살고 있었다. 나는 그녀가 나를 바래다주면 봉사료를 주고 싶은데 받지를 않으려 해, 어느 기회에 그녀의 계좌번호를 알아내 내 나름의 인사를 하게 되었다.

나는 꿋꿋하게 한국인으로 살고 있는 차연옥이 마음에 들어 물리치료를 받고 나면 함께 밥을 먹는 시간을 가지면서 서로의 생각을 나누고 있다.

그녀는 남편이 돌아갔을 때 장례를 치르는 동안 나와 함께 지내주었고 함께 하는 시간이 많아서인지 그녀는 나의 스케줄을 환히 꿰뚫고 있어 때로는 나의 개인비서 같기도 하다. 내가 나이가 들수록 잊어버리는 일이 많은데, 그럴 때 그녀에게 전화를 하면 그녀가 일러준다.

"선생님, 내일은 ○○○ 만난다고 하셨는데, 알고 계시죠?"

자기 일도 잊어버리기 십상인데 남의 일상을 챙겨주는 일은 쉽지 않다. 차연옥은 남편이 돌아갔을 때는 나와 함께 있어주면서 내 시중을 들어주기도 했다.

혼자 살면서 혼자 밥 먹는 일이 싫을 때가 많다. 아침이야 간단하게 때운다 해도 점심은 제대로 먹고자 애쓰는 편이다.

나는 인복이 많아 동료 화가, 동료, 제자, 여학교 친구 등 거의 대부분은 연락이 와서 점심은 다정한 사람과 제대로 된 밥을 먹게 된다. 그렇지만 때로는 아무런 일도 생기지 않아 혼자 밥을 먹게 되는 날이 있는데, 그럴 때는 기막히게도 차연옥에게서 전화가 온다.

그렇게 해서 나는 일 없는 날은 없는대로 힐링하면서 하루를 보낸다.

그래서 우리는 만나 밥을 맛있게 먹는 것이다.

나는 중국인으로서가 아니라 한국인으로 반듯하고 성실하게 살아가는 모습에서 그녀에게 호감을 가졌는데, 지날수록 그 느낌이 퇴색되는 대신 만날수록 더욱 정감이 느껴진다. 힘든 듯하지만 통역일, 봉사를 하면서 꿋꿋하게 살아가고 있는 모습에서 그녀가 자존감이 높다는 것을 알게 되면서 그녀가 잘 살게 될 것이란 확신도 든다.

나는 화가로서 세상을 아름답게 했을까?
내가 그린 그림이 사람에게 위로를 주었을까?
그럼에도 나는 꿈을 꾼다.

6. 자연은 나의 인생

난 항상 감사하는 마음으로 붓을 든다.

자연에게서 느낀 감탄과 감동을 잊지 않고 전하기 위해 붓을 들면 자연의 아름다움이 다가오면서 그리고 싶은 의욕이 차오른다.

자연의 아름다움, 장대함, 정겨움, 속삭임, 배려, 사랑….

나는 자연 그대로의 속살을 얼마만큼 표현해낼 수 있을까?

나는 운이 좋았다. 중학교 때 이건걸 선생님을 통해 청전 이상범 스승을 만나게 되고 그 인연으로 미술대학에 가고 미술 교사가 되고 한국화가가 되는 길은 걸을 수 있었던 것은 내 삶의 축복이었다.

서정적인 자연 풍경을 특유의 갈필로 근대 실경 산수화를 완성한 스승의 뒤를 이었다는 말은 들을 수 있는가?

대학을 졸업하고 영종도의 학교로 부임을 했을 때 만난 자연,

사계절에 따라 달라지는 자연 속에서 순환하는 자연의 아름다움을 담아보려 촛불을 켜고 밤을 새우던 일,

진천 시대 가는 길에서 만난 가을 길의 은은한 황톳길,

자연을 보고 있노라면 불현듯이 속삭여오는 자연의 속삭임,

때론 엄마 품처럼 따사롭고, 연인처럼 다정한 자연,

나는 자연을 그릴 수 있게 된 운명에 감사를 한다.

무한히 펼쳐지는 대자연의 으젓한 정경….

나는 그 속에서 청전의 세계를 만날 수 있었고, 나는 부끄럽지만 청전의 제자임을 밝히고 그림을 그리고, 개인전, 동인전, 그룹전 등에 참여했다.

1992년도에 했던 개인전은 열흘 동안 중국과 백두산을 다녀온 직후여서 벅찬 마음으로 그림을 그렸다.

백두산 가는 길은 마치 충청도를 연상하는 긴 흙길들 그 사이를 빽빽하게 들어 채운 정감 가득한 소나무 숲들, 그 밑에서 자연스럽게 자라나고 있는 어린 풀들, 그리고 자연의 위력 앞에 서 있는 웅장한 바위, 흐르는 세월을 상징하고 급변하는 현대를 예견한 듯 용솟음치며 솟구치는 물,

특히 잊을 수 없는 것은 귀가 먹먹하도록 소리 내며 하늘에서 쏟아지는 송하강의 발원지 장백폭포! 그 아래 펼쳐지는 대자연의 감동.

나는 그런 자연을 그리기 위해 화폭에 앉았다.

나는 자연의 오묘함, 순수함을 얼마만큼이나 전했을까?

대학교 스승이신 지순임 교수님은 "화가 임정 오영애는 자연에 대한 애착을 가지고 산수 자연의 아름다움을 자기 나름으로 재발견하고 우리나라의 맑고 아름다운 정취를 꾸밈없는 마음으로 표현했다…"라고 평해주셨다.

화가로서 뒤돌아보니 자연은 나의 벗이고 위로이며 스승이다.

나는 정말 운이 좋은 사람이다.

생활력 강한 부모님을 만났고, 훌륭한 스승을 만났으며, 제자들은 언제나 나를 잘 따라주었다. 그리고 미술 교사의 보너스랄까.

학교에서도 수업 후는 밤늦도록 그림을 그릴 수 있었고, 방학이 있어 스케치 여행을 할 수 있었다.

12회의 개인전과 2백 50여 회의 그룹전, 동인전에 참여할 수 있었던 바탕은 미술 교사, 가족의 응원, 그리고 건강을 꼽을 수 있다.

젊은 시절, 주부, 선생, 화가의 일인삼역을 할 수 있었던 것은 내가 만난 모든 분들의 배려 덕분이다.

또한 자연의 순환 속에서 겸손해야 하는 순리를 알게 되었다.

그리고 내가 만난 모든 분들이 나의 스승이다

"고맙습니다. 덕분입니다." 나는 내가 만났던 모든 사람에게 이 말을 돌려 드리고 싶다. 여러분들이 계셨기에 나의 삶이 이어졌다.

특히 화가에게 미술교사라는 직업은 안성맞춤이다. 학교에서도 수업 후는 밤늦도록 그림을 그릴 수 있었고 방학이 있어 스케치 여행을 할 수 있었다.

젊은 시절, 주부, 선생, 화가의 일인 삼역을 할 수 있었던 데는 내가 만난 모든 분들의 따뜻함. 변함없는 사랑이 있어서 가능했다.

그리고 자연의 순환 속에서 겸손해야 하는 순리를 알게 되었다.

화가는 그림으로 세상을 아름답게 만들어야 한다.

그리고 사람을 행복하게 해야 한다.

내가 화가로서 세상을 아름답게 했을까?

내가 그린 그림이 사람에게 위로를 주었을까?

그럼에도 나는 꿈을 꾼다.

내 그림이 사람들을 위로하고 어루만져 주기를...

아름다운 자연

위대한 자연

내가 그 자연을 속삭여 줘야 하는 임무가 아직도 남아 있음에

옷깃을 여민다.

林庭 吳英愛의 작품

장백폭포 1991. 7. 80×160

임정 인생 에세이/오영애의 삶·일·꿈

장백폭포(흐르는 물) 1991. 7. 240×80

임정 인생 에세이/오영애의 삶·일·꿈

林庭 吳英愛의 작품

영종도 1970

임정 인생 에세이/오영애의 삶·일·꿈

영종도 가을 1970

설악산 I 1983. 80×120

林庭 吳英愛의 작품

진천가는 길 1992. 80×20

임정 인생 에세이/오영애의 삶·일·꿈

林庭 吳英愛의 작품

내설악산 I   1982. 8. 180×60

설악산Ⅱ 1982. 8. 160×40

옥류봉(충주) 1984. 9. 135×173

　　　　　임정 인생 에세이/오영애의 삶·일·꿈

내 설악산 I 1984. 9.

내설악 1992. 8. 80×80

임정 인생 에세이/오영애의 삶·일·꿈

추 설악 1992. 10. 40×40

林庭 吳英愛의 작품

진천가는 길 1992. 80×20

고향길 1992. 120×40

단양계곡 1993.7. 40×40

충북 진천 1994. 40×40cm

임정 인생 에세이/오영애의 삶·일·꿈

소나무 Ⅰ 1982. 80×120

소나무 Ⅱ 1982. 180×80

임정 인생 에세이/오영애의 삶·일·꿈

林庭 吳英愛의 작품

남이섬 여름 1980. 120×30cm

임정 인생 에세이/오영애의 삶·일·꿈

林庭 吳英愛의 작품

주왕산 시골길 1980. 120×30cm

林庭 吳英愛의 작품

고향가는 길 (진천 가을숲) 1982. 80×20cm

임정 인생 에세이/오영애의 삶·일·꿈

林庭 吳英愛의 작품

몽골 I 2006. 120×30cm

임정 인생 에세이/오영애의 삶·일·꿈

林庭 吳英愛의 작품

티벳 I 2007. 60×80cm

임정 인생 에세이/오영애의 삶·일·꿈

티벳Ⅱ 2007. 40×40cm

몽골 I 2006. 80×40cm

몽골 II 2006. 80×20cm

속리산 소나무 2000. 160×80cm

林庭 吳英愛의 작품

Good Morning ♡
Yesterday

나의 기록을 읽기 편하게 잘 정리하여준

친구 최의선 작가에게 고마움을 전한다

오영애의 삶·일·꿈

초판 인쇄 | 2023년 5월 2일
초판 발행 | 2023년 5월 10일

지은이 | 오영애
발행인 | 김태웅
편집 디자인 | 오대영 010-5338-1859
마케팅 | 나재승
제 작 | 현대순

발행처 | (주)동양북스
등 록 | 제 2014-000055호
주 소 | 서울시 마포구 동교로22길 14 (04030)
구입 문의 | 전화 (02)337-1737 팩스 (02)334-6624
내용 문의 | 전화 (02)337-1763 이메일 dybooks2@gmail.com

ISBN 979-11-5768-916-3 03810